你的花会开在你想要开的枝头

李秋芳

/著

民主与建设出版社

·北京·

图书在版编目 (CIP) 数据

你的花会开在你想要开的枝头 / 李秋芳著 . -- 北京：
民主与建设出版社，2022.12

ISBN 978-7-5139-4061-0

Ⅰ. ①你… Ⅱ. ①李… Ⅲ. ①散文集—中国—当代
Ⅳ. ① I267

中国版本图书馆 CIP 数据核字（2022）第 236240 号

你的花会开在你想要开的枝头

NI DE HUA HUI KAIZAI NI XIANGYAO KAI DE ZHITOU

著　　者	李秋芳	
责任编辑	周佩芳	
出版发行	民主与建设出版社有限责任公司	
电　　话	（010）59417747　　59419778	
社　　址	北京市海淀区西三环中路 10 号望海楼 E 座 7 层	
邮　　编	100142	
印　　刷	三河市同力彩印有限公司	
版　　次	2022 年 12 月第 1 版	
印　　次	2023 年 3 月第 1 次印刷	
开　　本	710 毫米 ×1000 毫米　　1/16	
印　　张	13	
字　　数	200 千字	
书　　号	ISBN 978-7-5139-4061-0	
定　　价	49.80 元	

注：如有印、装质量问题，请与出版社联系。

目 录

第一辑　满架蔷薇一院香

蔷薇花开淡淡香　002

桐花一样美好　004

五月槐花香　006

淡香紫玫瑰　008

栀子香　010

心上莲花　012

菊花开　014

暗香若梅　017

野草离离　019

清供一枝梅　022

黄色花中有几般　024

满架蔷薇一院香　026

玉兰亭亭　028

樱满开　030

梨花满地香　032

丁香方盛处　034

第二辑　聆听落叶的声音

心生好感　038

独自美好　040

淡香最宜　042

慢慢养　044

当有光照亮的时候　047

幽篁在心　049

且听松风　051

看云　053

你瞧，花开得多美　055

烟云供养　057

有意思　059

聆听落叶的声音　061

他将美好指与你看　063

我喜欢　065

淡淡的味道　067

心软时分　069

这样就好　071

第三辑　守护一颗好的心

花开如笑　074

春消息　076

温柔心　078

看花的心　080

放松　082

姿态　084

简约出风格　086

一杯下午茶　088

审美力　090

素朴之美　091

无事静坐　093

清气　095

自救　097

别样的妩媚　099

失而复得　101

一即一切　103

守护一颗好的心　105

第四辑　你的花会开在你想要开的枝头

谁的成长不需要沉默无声的等待　108

等到等不下去，还要等　110

许多事在成功之前看起来都是那么不可能　112

那些卑微的坚持　115

懂得才不会荒芜　117

在琐碎中成就自己　118

这一生，你要遍叩多少道门？　121

感谢那些曾经的自我怀疑　123

我想知道，我到底会变成什么样　125

不乱看　128

经冬而生　129

你的花会开在你想要开的枝头　131

第五辑　香留心中

风中的母爱　134

父爱如花　136

流年里的花香与书香　138

尘世微光　140

香留心中　143

樱花开得那么隐忍　145

好看是因为够努力　147

求好的心　149

美好世界　151

你的样子　153

生命的宁度　155

就当是去看花　157

简单的生活　159

第六辑　岁月帖

走在初春的田野上　162

花事帖　164

夏日清香　167

浅秋　170

秋日三章　173

秋心　175

秋思　177

冬日宁静　180

冬天，我喜欢的事　182

寒林　184

好雪片片　186

冬日小帖　188

寒香帖　191

三月帖（上）　196

三月帖（下）　199

第一辑　满架蔷薇一院香

蔷薇花开淡淡香

陕南乡村，我七岁，上一年级。

学校远，上学要孤独地穿过整个村庄，其中有一家是我每天上学必经的地方。

他们家矮矮的土围墙上，有一架很大的蔷薇花。五月份，蔷薇开花了，一朵朵粉色的花，或露出叶子，或藏在叶子底下，有的还高高爬上树，回首俏皮地微笑着，望着花树下的行人。每到这个时候，我常驻足花架前，摘一两朵花在手心，嗅闻它的香味。特别是那刚刚吐露出一点红的花骨朵，水灵灵的，最是惹人喜爱，绿色花托包裹着那一点点的红色，溢出淡淡的清香，这是我童年时闻到的最好闻的香味。

一次，我正沉醉其中，突然从屋里出来一个三四十岁的男人，大声呵斥我这个摘花人。我把花紧紧攥在手心，匆匆逃离那里，别了童年的花香。

师范，我十六岁。

阳光明媚的天气，不经意间，我瞅见了教师家属楼门头上的一丛蔷薇，那丛蔷薇，繁盛蓬勃，朵朵蔷薇在微风中挨挨挤挤，像一群调皮的孩子。它不是常见的品种，比一般蔷薇小，却又更红一些，层次繁多，点缀在茂密的叶子上，轻灵美好，高贵典雅。那一刻，我的心被这突然的美好击中，我憧憬将来有一个家，墙头也爬满这种高贵的蔷薇……

大学校园的花园里，也有一架蔷薇，是白色的。

初夏，它开花了，花朵繁密，纯洁美好。那架蔷薇顺着一棵树攀缘而上，然后又瀑布样从高处倾泻下来，扑向旁边的水泥大道，在水泥大道的上方，形成一个拱形，它香了一片校园。

很多个宁静的夜晚，我上晚自习归来，不急着回宿舍，而是先要到这架蔷薇花旁走走，暖暖的风，送来蔷薇的阵阵花香，在这样的香里游走，学习的劳累顿消，心里生出许多美好。

毕业后，远离家乡，工作的地方，再很少见到蔷薇。每每走路远远望见，或见蔷薇从车前掠过，都是追着看，念念于心，不能相忘。

后来父亲也栽活了一棵蔷薇，它长得很旺盛，在我家房屋的侧面，高高地依着大树攀缘而上，俨然已成了我家的围墙。

可是，蔷薇开花时，我总不在家。每到那个熟悉的时节，我总会打电话回去问，蔷薇开花了吗？父亲总会笑着答，开得很好，只是，被那些过路的小女孩摘走很多，像是带着责怪的口气。我知道，其实父亲并不是真的责怪她们，他只是可惜他的蔷薇花架子，看到那些摘花人把蔷薇的枝叶扯断，心疼。

因为，在他心中，那一架蔷薇就是他的女儿。那红红绽开的花朵，如同他女儿的笑脸，那高高攀缘的气势，如同她女儿永远向上的决心。

又是一年蔷薇花开时，渴望在某个地方，与一树盛开的蔷薇不期而遇。渴望能再一次，深深地嗅闻，那淡淡的蔷薇香。

桐花一样美好

我喜欢"桐花"这两个字，觉得它们读起来，有一种美好的感觉。

小时候，家乡是有一些泡桐树的，有的一片成林，有的孤零零三两株，长在山坡田野间，它们叶子很大，长得很快，三两年就冒出一大截，因为长得太快，木质不坚硬，做不了家具，大人们好像并不重视这种树。

有时也会见到它们开花，小喇叭形的，底部淡紫色，上面的喇叭是白色，那时不觉得它们的花有多好看，故乡的大地，能开花的植物太多了，满坡的洋槐树，四处可见的七里香，觉得随便哪一种花，都比它们香，都比它们好看。

可是，多年后，这种印象被改变了。

那年春天去西安，车走在高速路上，一路的花，一树树，一簇簇，看得人心都醉了，连连惊叹大自然的神奇，本以为已经看过了最美的花开，可是，快到西安的时候，又一次被惊艳到，高速路从一个村庄后面穿过时，我看到了一个白花花的村庄。

那个村庄，后面是一排二层楼的房屋，屋后长着好几棵高过房顶的泡桐树，我从来没有见过那么高大的泡桐树，满树的白花，遮住了两层楼的屋顶，那些树连在一起，铺天盖地，一片洁白，使我觉得那整个村庄都是洁白的。

那一片桐花，在五月明亮的光里，在五月温暖的风里，有说不出的好，它的美震撼了我，让我改变了最初对桐花的印象，原来桐花是美的，原来那些看似普通的卑微的植物，一旦盛大起来，会有震撼人心的美。

后来，我在书上又邂逅了另一片桐花，它们是油桐树。

"那时候，是五月，桐花在一夜之间，攻占了所有的山头……桐花极白，极矜持，花心却又泄露些许微红。我和我的朋友都认定这花有点诡秘……平日守口如瓶，一旦花开，则所向披靡，灿如一片低飞的云……"
那是张晓风看到的桐花。

"如果你四五月份有机会去台湾的话，会发现高速公路两旁的山上全是白花花的一片，整座山都白了。所有人都会震撼于那片白色……桐花很特别，它开了以后就会大片大片地飘落，比日本的樱花飘得还快。如果站在一棵桐花树底下，几分钟不动，身上就会全是桐花，地上也全是桐花。"那是蒋勋眼里的桐花。

于是，我知道，在彼岸，每年四五月间，山上有漫山遍野的桐花，它们开得那么美，我开始有些向往那座山了，我想在某年，去看一场桐花盛开。

明亮的四月天里，在高铁站候车室等车，远远走来一位姑娘，乳白色的上衣，长发，黑裙，胳膊上搭一件黑色外套，这位姑娘走在人群中，让人一眼就看出她的与众不同，她看起来那么安静、干净，她身上有很多时尚女子所不具有的清纯。

看着那位姑娘，就在想，每个姑娘都要有一件乳白色的上衣，那样衬气质，在春天穿，像桐花一样美好。

五月槐花香

天气晴朗的五月天里，正在街上走，突然闻到一股槐花香，抬头向四处望，目光撞见了对面山上的一片白。呀，真的是槐花开了，心里一阵暗喜。

我现在生活的这片土地，多洋槐树，每年槐花开的时候，一坡一坡的白，一年中，最盛大的一场花事，就是槐花开了，槐花盛开，满城飘香，走在这样的香里，仿佛做什么事都是喜悦的。

看见槐花开，总会想起故乡的槐花来。

小时候，槐花开的时候，故乡的大地上随处都可见槐花，路旁、沟渠边、坡上。

我家屋后有个小树林，那里长着许多树，有柏树、棕树、冬青树，还有几棵洋槐树。槐花开的时候，我从屋后的大路上过，总会被那些花绊住脚步，总要停下来看看那些花，那些花，一穗穗从嫩绿的叶子间垂下来，鲜活生动，赏心悦目，深吸一口气，那香，直钻进人的肺腑。

小树林的旁边，是一条三米多宽的大路，大路的另一边，是一条大灌溉渠，渠边，也长着几棵洋槐树。

那时，我们都在渠里洗衣服。一棵洋槐树，就长在通往渠里的台阶旁。寂静的午后，我端着一盆衣服去渠里洗，白花花的阳光，照着白花花的槐花，蜜蜂"嗡嗡"地飞着，空气中飘着浓郁的槐花香，我站在漫过水的干净的水泥台阶上洗着衣服，渠水清凉，缓缓向东流着，那时，少年的我，心里有诗升起。

最热闹、最盛大的槐花开放，是在我们村后离村子两三里的坡上，那里是个林场，槐花开的时候，坡上一片白，它们源源不断地向村里播撒着香，将尘世人的生活，都染了香。

槐花盛开的时候，村里的妇女爱背上背篓去林场摘槐花，妈妈也去，一个上午，往返好几回。妈妈把一背篓一背篓雪白的槐花倒在院子里，白花花的槐花，在阳光下晃得人睁不开眼。

　　这时候，蜜蜂最繁忙，"嗡嗡嗡嗡"地飞个不停，在槐花上打着滚，欢喜地采着蜜。我随手抓起一把槐花，掐开一朵花的花蕊，放在嘴里吮吸，有甜甜的蜂蜜的味道。这些槐花主要是晒个半干给猪吃的，妈妈也会取一些新鲜的槐花来，给我们做香喷喷的槐花饭吃。

　　多年后，槐花盛开的夜晚，我在小城走。

　　着轻盈的衣衫，风，轻轻的，暖暖的，耳边是优美抒情的音乐，空气中飘着槐花香，抬头，黑色的天幕上，散落着几颗星，夜色温柔，槐花的香气更显清幽，深深吸一口气，那一刻，感觉世间美好得简直无话可说了。

淡香紫玫瑰

走在校园大道上，朝旁边的花园一瞥，便有几朵紫红色的笑脸一闪，那是紫玫瑰，都深秋了，还有一种花开不败的势头。

看见紫玫瑰的时候，总是想起我的家乡。

小时候，我的家乡，很多人家门前都种几株紫玫瑰，我们都叫它刺玫花。

小雪家门前种得最多，有一大行，形成了一堵矮矮的花墙，是她爱花的爷爷栽的。紫玫瑰花旁就是我们玩耍的地方，紫玫瑰花开的时候，我们会摘下一些花苞，洗净装在玻璃瓶子里，撒上白糖腌玫瑰花糖，或许本来是要腌好几天的吧，可是我们通常是一天还等不到就想吃，往往还没等腌好，就已经把它吃光了，甜甜的、带点涩味的玫瑰花糖，散发着淡淡的玫瑰香，吃一口，满口满鼻都是香的，那是留在童年记忆里的最好闻的香。

在工作的地方第一次看见紫玫瑰，是在一个六月天里。

那次路过高速路收费站，停车等待交费的一瞬间，发现一大丛紫玫瑰开在路旁，花枝高高的，上面开了一层紫红色的花，花朵繁密，在初夏的光影里，花朵格外鲜艳，绿叶格外新鲜干净，生机勃勃的，仿佛那丛紫玫瑰的上方笼罩着一层紫气。想象着它迷人的幽香，第一次有了想攀过去摘花的冲动，可是那宽宽的壕沟，那高高的绿色钢丝网，将我隔绝在对岸，使它成了只能远远观看，不能走近的彼岸花，生生地有了一种疏离感。

那时我在想，什么时候我生活的地方也有紫玫瑰可就好了。

没想到，没过几年，新来的领导就在校园里栽了很多紫玫瑰，花园的空处，围墙下，去饭厅的路上，都能见到它们的身影。

下雨天，去饭厅的路上，看见它们被雨淋湿了，"梨花带雨"，使它们更多了一份娇媚。摘一朵，闻一闻，一股熟悉的淡淡的香味，缭绕在鼻息间，顿时有了一个好心情，将它泡在小玻璃杯中，便看见了一杯花开，便有了一杯花香。摘一朵放于枕边，一缕淡香轻抚着疲惫的神经，静静入眠，期望能做一个淡淡的紫玫瑰的梦。

电视上，见一位优雅的女子端坐窗前，手握白瓷杯，抿一口紫玫瑰花茶，翻着一本书，眼神安静，脸上有淡淡的笑。此时，这样的女子，心里一定有音乐在静静流淌吧，是埙，是箫，是古筝，还是古琴，抑或是琵琶？想必紫玫瑰的香在她一呼一吸间，她的气息便是香的了，紫玫瑰的香扩散到她的全身，在她的心里渗透着，渗透着，她的心便也是香的了。

在尘世中奔走，难免脚步匆匆。

若能暂时停下匆忙的脚步，去欣赏道旁的一朵花，去欣赏那些叶子渐黄的行道树，看天上的流云，感受秋来的风，或者是坐下泡一杯茶，品茗，翻一本书，给自己一个安静的时刻，放飞心灵，与自然对视，与自己对视，那一刻，想必尘世间自然多了一份宁静，心自然生了淡淡的欢喜，日子便也像淡淡紫玫瑰的香一样美好。

栀子香

我的故乡多栀子，一个村子，总有那么几户人家，院子里长着栀子树。

门前的邻居家，就有一棵一人高的栀子树，长在压水井旁。栀子花开的时候，我喜欢站在那棵花树旁看。那绿中泛白的小花蕾，那刚刚绽出的白花朵，它们那么新鲜，那么香，每次都看得我心里痒痒的，心想，这棵树要是长在我们家该多好啊，那样，我就可以自由地采摘了。

好的是，邻居家的女人只要看见我，都会摘下几朵花送给我，有时，她还会在我的两条辫子上扎上两朵花，我就一路带着香，蹦蹦跳跳地跑回家去。

那时，我家没有压水井，就在这户邻居家挑水吃。

栀子花开的时候，爸爸挑水回来，水桶里总会漂着几朵栀子花，栀子花随着桶里的水，一漾一漾的，每到这个时候，我总是快乐极了。我们把栀子花捞出来，放在装有清水的碗里，放到卧室的桌子上，整个房间便有一股幽幽的香。有时，我们并不急着把栀子花捞出来，而是让它随着水倒进水缸，多浸泡一阵，那样，一缸水都染上了香，用那水做出来的饭，带着栀子花的香味。

后来我到外地工作，或许是气候不适合吧，这里没有栽种栀子树的，只卖从别处运来的盆栽的栀子花。

每年到了一定的时候，街边就有卖栀子花的，碰见了我都会买上一盆。那些栀子花，叶细，花小一些，上面有密密的花骨朵，没有家乡的栀子花大，但是香气是一样的，放在家里，满室清香。等花开完了，花树就渐渐枯萎了，盆栽栀子花不好活。

去年端午前，我买了一盆栀子花回来，把它放在书房，看书写字累了，就朝它看看，心里有说不出的喜悦，晚上睡觉的时候，就把它搬进卧室，白天再搬进书房，我知道它养不活，就当鲜花看，所以珍惜它每一分钟的香。那个端午节，就是在栀子香中度过的，令人难忘。

等那些花变黄干枯了的时候，我就把它们摘下来，晒干，收起来泡茶喝。在杯子里放上几许清茶，再放一朵栀子花，倒入白开水，幽幽的香气在杯子里升腾，看栀子花在水里静静绽放，心也变得宁静，轻饮一口，有淡淡的栀子香。

明·陈继儒《小窗幽记》里说，"栀子禅友"。元程棨《三柳轩杂识》中谓栀子花为花中之"禅客"。不管被称为禅友还是禅客，恐怕都与栀子花的清香有关吧，所谓"心清闻妙香"。

汪曾祺在《人间草木》里有写栀子花的句子："栀子花粗粗大大，又香得掸都掸不开，于是为文雅人不取，以为品格不高。栀子花说：'去你妈的，我就是要这样香，香得痛痛快快，你们他妈的管得着吗！'"

每回读到这里都要笑，能这么说栀子花的，恐怕也只有汪老了。

文友是安徽人，她说，她们那里有漫山遍野的野生栀子花，那花，叶瘦，花瘦，很香。我想象着她说的那幅情景，人站在那漫山遍野的栀子花中，该是怎样的一种美好啊。

心上莲花

故乡虽在北方，盛夏，却是一派江南水乡的景象。

在大片的水稻田中，会有几块荷田，里面长着白色的荷花，一走到荷塘边，就有一股浓郁的热气，伴着荷香扑面而来。

小时候，夏天的傍晚，妈妈经常带我去荷田摘荷叶，回来熬荷叶粥。每次她摘荷叶的时候，都是从周围摘一圈，留下一个小小的圆，继续撑在那里，妈妈说，这样底下的藕可以继续长，不会死。那时，我知道了，一个荷叶下面就是一条藕，荷花不能轻易摘。

后来长大了，学了"江南可采莲"的诗句，夏天的晚上，坐在院子里乘凉，喝着一碗稀稀的荷叶粥，荷叶的清香入了口，入了胃，仿佛也入了心，就会想，那些江南的女子，红衣绿裤，撑一叶扁舟，自由行在水上，唱一曲婉转的采莲歌，随手采下一朵莲花来，该有多美好。

可惜家乡的荷田下不去，只能站在外面观望。

多年后的一个夏天，去看荷，是在北方的一个风景区。

数百亩的荷塘，一眼望不到边的粉色的荷。站在塘边，欢喜得不得了，绕着荷塘走，看看这朵好，看看那朵也好，半天迈不开脚，走走停停，欣赏，拍照，再欣赏，再拍照。

累了在岸边歇息。喝茶，看荷，微风吹来，一一风荷举，一阵一阵的香。

想起了老树的画。夏天，那白衣长衫的人，坐在荷塘边看荷，荷花还没有开，那一池的碧绿，自在舒展，白衣长衫的人，坐于亭边，很是悠闲，他是否也有一丝寂寞呢？

也想起了一位女子，每年荷花开时，她都要提上水，带上茶具，约一两位知己去家附近的荷塘看荷，坐在塘边，一杯一杯地喝着茶，散淡地聊着天，就那样与荷做伴，一切的凡尘琐事，都轻了，远了，淡了，她们俨然也成了那静静的一枝荷。

八月，走在南方古镇。街边有卖莲蓬的，两块钱一个，买来两个莲蓬，边走边剥着吃，小心地取出莲子，不把那莲蓬弄破。心想，如果来得早一些，或许街边会有卖莲花的吧，一篮子一篮子装着，或者一桶一桶地盛着，摆在街边卖，卖花人便是那种花的人，朴实的面庞，脸上有干净的笑。

要是能抱着一束荷花在这街上走，那该有多美啊。可是，已经八月了，莲花已修成正果，化作了莲蓬。

我把那两个莲蓬带回了家，插在瓷罐里，不久它们就变干变黑。秋雨的夜，雨打在窗外护栏，叮叮作响，屋角的莲蓬，散发着清香，听着那雨，想起了那句诗，"留得残荷听雨声"，于是，那雨就好像是打在那些莲蓬上，打在万亩残荷上。

去厦门的南普陀寺，是在深深的冬日。一走进院子，就看见一个大大的荷塘，冬天的荷塘是萧瑟的，深褐色的荷叶匍匐在地，亲吻着泥土。想象那池荷，在夏天，一定是碧绿一片，整个禅院飘着荷香。

院内有古木、白塔，环境清幽干净。往里面走，禅乐声声，不由得浑身恭敬起来，尽量步步走得庄严。

一个殿一个殿地走，走到观音大殿，一尊高大的金身观音，端坐在莲花台上，低眉慈悲，面容安静若水。

凝视间，忽然一滴泪落了下来，心顷刻柔软，就好像，观音足底的那朵莲花，轻轻飘了过来，栖到了心上，心顿时清凉寂静，安然自在。

菊花开

从山下过时，发现山上的菊花已经开了，准备着哪天要去看菊花了。

每年的秋天都要上山看菊花的，就像一个仪式一样，秋天，只有看过菊花的美，才觉得没有白过。

去看菊花，那真是让人欣喜的事。每一条山路，两边都开着野菊花，黄灿灿的，一簇一簇的，仿佛是夹道欢迎你的到来，你低头，它们在你的脚边；你抬头，它们在你的肩膀处；你仰望，它们在山崖上含笑看着你。你们的笑，在空中交会渲染。

一路走，一路看，等爬到山顶，你也累了，找个地方坐下歇一会儿，微风吹过，送来阵阵菊香，看看四面的山，顿觉神清气爽。

临走，折一把野菊花带上，回家插在瓷瓶里，于是又有了一屋子的灿烂，一屋子的菊香。坐在花下读书，又是一片安静的好时光。

小时候，在家乡，菊花也是常见的花，许多人家门前都会栽几株。

爸爸也在我家门前的小花园里栽了菊花，爸爸栽的菊花有两种，龙爪菊和小白菊。

龙爪菊的花大，花瓣黄中透红，末端卷曲，就像小女孩的自来卷。那些菊花在我家门前长成一溜，形成了一堵矮矮的篱笆墙。

小白菊长在通往邻居家的小路旁，花开时，繁盛的一丛白色小花，扑在路边，黄昏时分，它们的白花格外醒目，就像黑底子上绣了花。

它们就那样开着，虽在门前，却如同开在山野，很多时候都无人问津。那时候我人小，不太在意那些花，它们开时，我偶尔凑过鼻子闻一闻，会闻到一股浓浓的菊花香。

那些菊花的花期似乎很长，从秋一直开到冬。下过霜，它们在，下过雪，它们依然在。只是龙爪菊开着开着，会突然毫无征兆地谢落一地，然后，来年春天，它们又会发出一簇簇旺盛的新芽，秋天再开花，就那样四季轮回着。

我原以为那些菊花，会长久地开在我家门前，在每个秋天它们盛开的时候，我想闻就过去闻一下，它们凋谢后，又会在每个春天抽芽，长出一片旺盛的绿。

可是，没几年，爸爸在门前栽了竹子，很快，竹子就占满了整个花园，那些菊花就渐渐不见了。

那年我从师范毕业，被分在一个小单位，环境闭塞，一时难以接受现实，孤独寂寞是飘在空气中经久不散的味道。

有一天，读到一首诗，《山崖上的野雏菊》，夜晚的灯下，我将它抄在笔记本上：

生也寂寂，凋也寂寂／你，开在山崖上的野雏菊／朝含流霞，晚洗云雾／年年抽新绽蕾／年年落黄成泥……

抄写的时候，觉得自己就是那山崖上的野雏菊，生也寂寂，凋也寂寂，不禁泪湿书纸。

可是毕竟年轻，神伤也就那么一会儿，"虽不风雅，却也浓郁／虽不俊俏，却也飘逸／开满了多情的九月／芬芳成金黄的诗意"。最后，总是被这样的句子所激励。是的，虽然卑微无助，可还是心怀远方，相信只要不妥协，不放弃，就一定会有好消息。

三年后，在那个菊花飘香的九月，我终于踏进了梦中的大学校园。

多年后我也终于见到了诗里的野雏菊，就在我的小城，就是山上的那一簇簇的野菊花。它们长得很小，被称作雏菊，它们诗意地开在我后来的每一个秋天里。

银杏叶飘落的时候，小城的街边有卖菊花的，在瓦盆里盛着，有的花开三四朵，有的一枝独秀，黄色的，白色的，紫色的，都开得旺盛，在旁边看，很是欣喜，凑近闻，有浓浓的菊香味，就像当年家门前开着的那些菊花的香。看了又看，最终没有买，怕养不活，辜负了那一盆美好。

是的，有些东西看一看就好了，就让那些菊花开于路边，开于乡野，开于记忆中吧。

暗香若梅

梅花开在古人的诗里。"疏影横斜水清浅，暗香浮动月黄昏"，那是开在山中小园里的梅。"遥知不是雪，为有暗香来"，那是开在墙角冰清玉洁的梅。"村前深雪里，昨夜一枝开"，那是开在山村深雪里的梅。这些梅穿越千年的岁月，在每一个冬天飘然而至，栖在心上。

那时青春年少，十五六岁的年纪，班上三五个受表彰的少男少女，站在一树梅旁照相，那是一树淡粉的梅，开得正繁盛，身后站一位少年，他的脸上有灿烂的笑，那是第一次见到梅，看到那树梅，心里有一种美好和一丝莫名的忧伤。

几年后的一个冬天，大学校园，清晨跑步，跑道的中间是一大片树林，天尚黑，四周灰寂，跑着跑着，忽然一阵香袭来，顿觉神清气爽，这个早晨变得无比美好。跑完步天已放亮，去寻找，竟然是园中的一树蜡梅，一棵小树上，几朵疏落的黄色花，那香淡淡，却飘得很远，天香一般。那是第一次知道了蜡梅的香，是的，一所学府，怎么能没有蜡梅呢。

喜欢那种梅一样的女子。那年去成都，天府广场走过一位带古典气息的女子，年轻，黑色长发，中式蓝色碎花紧身小棉袄，牛仔裤，背一把琵琶，身材纤细笔直。那时，我刚到武侯祠的梅园看过蜡梅，武侯祠有一大片蜡梅，那天我们在梅园待了很长时间。我觉得她就是一株蜡梅，她的清香穿越人群，穿透广场。

书房的墙壁挂两幅画，一幅倾泻而下，是中国画的卷轴，画上一枝遒劲盘曲的老梅，托起红梅点点，或远或近。另一幅是朋友送的"清香暗送"的十字绣，粗细各一枝的梅随意交错，清妙多姿。有一天望向四壁，不经意间发现，原来这些年，我一直都在梅边。

大雪天，栊翠庵的数株红梅开了，"胭脂一般，映着雪色，分外精神，寒香扑鼻"。宝玉冒雪寻梅，妙玉拣了一枝开得最好的剪给他，宝玉擎一枝梅，一路欢喜跑将下来，红梅、白雪，白雪、红梅，还有年龄正当好的人。看《红楼梦》，这一段铭记在心，每当飘雪的时候，总会想起这个画面。

最喜欢雪中的梅花，也想在一个大雪纷飞的黄昏，一个人踏雪寻梅，遍寻不见，却突然嗅到一阵清香，循香而去，见一树红梅，映着白雪，开在眼前，顿时惊了眼，欢喜了心，怎么看也看不够。最后折来一枝，插于瓶中，雪夜，喝茶，赏梅，然后有一个晚上的清雅美好。

野草离离

荠菜

读辛弃疾的诗："城中桃李愁风雨，春在溪头荠菜花。"想起了故乡的荠菜。

荠菜在故乡的田畔路边随处可见，小时候每到春天，妈妈都会到田野里去挖荠菜，挖回来，给我们清炒或者凉拌，吃在嘴里满是春天的味道。

可是那时，我并不太在意荠菜的味道，而更感兴趣的，却是荠菜的花和果实。

荠菜的花长在一根细长的茎上，一簇小白花，碎米粒般大小，朴素美好。它的花开过之后，会长出一些倒三角形的果实来，那时，我和小伙伴们走在上学的路上，喜欢采下几根荠菜的茎来，把那些小果实轻轻往下一扯，它们就倒挂了下来，像一个满头长着小辫子的小女孩，拿在手上摇一摇，环佩叮当，发出一阵脆响，很是好玩。

婆婆纳

三四月间，田野里的许多野草都开了花。有一种草开星星点点的小蓝花，就像一个个小眼睛，眼里眨着天空的蓝，柔嫩清新，不染尘埃。

这种草，它们总是长成一片，远远看，就像铺了一层地毯，蓬蓬勃勃的，荡漾着春草的气息。这是一种最能让人感受到春天的草。

小时候我一直不知道它的名字，多年后才知道它叫婆婆纳。

"婆婆纳"，这个名字真好听，它让我想起了外婆，她在妈妈七岁的时候就去世了，她在妈妈的嘴里，总是带着微笑的，是那样温柔慈祥。

于是我的头脑中便有了这样一幅画面，春天，我提着小竹篮走在田野上，外婆用一双带笑的眼睛，看着田埂上走过的那个小丫头。就像我走到婆婆纳跟前，婆婆纳那星星一样的眼睛，含笑看着我。

车前草

我家房子西边有一块空地，那里长了一片车前草。每年春天，车前草从地里钻出来，然后渐渐长成一片，有的叶子是尖的，有的叶子是椭圆形的。

车前草就那样生长着，一年又一年。我对这些草并没有过多的关注，只觉得春天来了，它们也就来了，那是那么自然的事。有时候爸爸会挖几棵回来泡茶喝，我尝过，就是一股淡淡的草味，没有什么特别的味道。

可是有一天，我知道了它竟然是《诗经》里的植物，"采采芣苢，薄言采之。采采芣苢，薄言有之"。芣苢就是车前草。

于是我知道，它们已经在这片大地生长了很久很久，于是，我再看一株车前草的时候，就觉得它的身上有了一种古意，有一种先民们的那种纯朴，我仿佛看见先民们在采车前草的那种生之艰难与生之喜悦。

蒲公英

雨后的蒲公英散落在灌溉渠边，远远望去，一层金黄色，那么灿烂，就像每朵花里都藏着一颗小太阳，就像一片金黄色的梦。

灌溉渠边的大路，是我上小学时，每天要走的路。我对渠边的植物很熟悉，在那些野花野草中，蒲公英总是那么醒目。

蒲公英在开过花之后，茎上会长出一个轻盈的毛茸茸的圆球，吹一口气，那些种子四处飘散，像诗又像梦。走在上学的路上，我常常边看着那些撑着小伞的蒲公英，边唱着这首歌：

"我是一棵蒲公英的种子，谁也不知道我的快乐和悲伤，爸爸妈妈给我一把小伞，让我在广阔的天地间飘荡飘荡……"

唱着唱着，不知不觉中，我们就长大了，有一天，我也像一棵蒲公英的种子一样，被吹到了远方。

想想当年我走在故乡的大地，那时我以为，我会在故乡的大地上走一辈子，每个春天都能闻到青草的香，每个春天都能看到那些或大或小或细碎，或白或黄，或蓝或紫的野花。可是如今，我这棵追梦的蒲公英，只能遥望我的故乡，我望见那些野草，长在故乡的田野，扑朔迷离，美好如昔。

清供一枝梅

下雪了，倚窗看雪，雪花一片一片飘落，世界安静祥和。

这样的时候，总是想起梅花来，或许是冬天的满目灰色看得太久了，心里很是渴望那一抹红的亮色。

喜欢《红楼梦》第四十九回里写宝玉栊翠庵赏梅的那一段：

于是走至山坡之下，顺着山脚刚转过去，已闻得一股寒香拂鼻。回头一看，恰是妙玉门前栊翠庵中有十数株红梅如胭脂一般，映着雪色，分外显得精神，好不有趣！宝玉便立住，细细地赏玩一回方走。

胭脂般的红梅，映着白雪，有寒香拂鼻，那一抹红，是那么艳丽，加之有雪的衬托，更显生动，让人情不自禁想"立住"，"细细地赏玩一回"。

我总是羡慕南方梅花多，花开亦早。"村前深雪里，昨夜一枝开""客舍愁分袂，梅花小雪前"，这些美好的诗句，写的都是南方梅开的景致，梅花映雪，别有一番韵味，能看到此种景致的人，真是有福气。

南方的文友，是个散发着梅花香气的女子。

她那里有一片梅岭，每年梅花开的时候，她都会邀请朋友去看梅花。晴朗的天气，拿块布铺坐在梅树下，慢慢喝茶，轻声细语地聊天，梅花香气扑鼻而来，沁人心脾，抬头看，上面是一片美丽的花天，梅花如雪似云霞，美好铺天盖地弥漫开来，坐在那里一个下午，浑身都染上了梅香，似乎肌骨都变得清澈。听她这么说时，我对那里的梅花充满了向往。

我们这里的梅花开得晚，去年春天我在常去锻炼的公园，看到过几株梅树，它们立在僻静的一隅。

那时它们正开花，在那黑铁般瘦硬的树干的衬托下，淡粉色的花，更显清丽、婉约。只有在那样蕴藉有味的枝上，才会开出那样轻灵带有喜气的梅花吧。梅花终究是梅花。

清人金农晚年爱画梅花，他画的梅花，有一种苍莽古拙的味道，我很喜欢看。但是我更喜欢的是他写的一首梅花诗："老梅愈老愈精神，水店山楼若有人。清到十分寒满把，始知明月是前身。"

"始知明月是前身"，看到这个句子时，眼前一亮，多么高妙的比喻，把梅花的那份清、那份静，比作明月，也只有金农这么深深懂得梅花的人，才能那样比喻吧。

寒冬深雪中的红梅，我这里少见，好的是，我这里有蜡梅。

寒冬腊月，空气清凛，灰色岑寂的园子里，几树蜡梅开了，干干的枯枝上，花开如星，那么灿黄的几树，照亮了园子的一角，远远就能闻到一股清清的香。

蜡梅向来被文人雅士所喜爱，或入画，或瓶插。

折一枝蜡梅花，插在瓶子里，置于案头，赏其清逸俊秀，春意盎然之风致，以此来辞旧迎新，这便是岁朝清供。这真是一种清雅的爱好。

岁末年初，我也想折一枝蜡梅，插在瓷瓶里，清供在案头，随时可嗅闻其香，可是几次站在园子里的一树蜡梅前，最后都作罢，蜡梅开得那么好，怎舍得去攀折，就把它清供在心里吧。在心里清供一枝梅，让灵魂浸染上梅花的淡淡香气，幽香若梅，吐气若梅。

黄色花中有几般

过年回故乡，车行至接近故乡的地方，突然，高速路边一簇金黄精灵一样一闪而过，定睛一看，原来是迎春花啊，正感到惊喜间，后面又来了一簇接一簇，有的在半山坡，有的在路边，黄灿灿一片，不时从车窗闪过，不断给你制造着惊喜，仿佛是在夹道欢迎你的千里归来。看得人满心欢喜。

是的，已经立春了，是迎春花开放的时候了。

故乡大地多迎春花，路边、沟渠边、乡里人家的门前屋后，常见迎春花，它们好像是不经意长出来的，有一种天然野性的美。

我见过的开得最旺的一簇迎春花，是小时候，村前拱桥边的那一簇。

小小的石拱桥，横跨在村前的沟渠上，一簇很大的迎春花，长在拱桥一侧，枝条长长地垂下，迎春花开的时候，枝条上缀满黄色小花朵，如一道黄色瀑布，倾泻而下。春水静静地流，迎春花静静地开，水又清又浅，花影倒映在水中。那时我们不懂欣赏迎春花"临水照花"的美，只觉得迎春花好看，便折了那些枝条来，做花环，戴在头上，满村子疯跑。现在想来，真是对不住那些迎春花，可是，如今懂得爱花惜花了，已是物非人非，村庄已不再是以前的村庄，桥已不再是以前的拱桥。因过车不方便，拱桥早已被平坦的水泥桥替代，而那簇迎春花，也早已不在。

好的是，老家屋后的小土坡上也有一片迎春花，是爸爸栽的，每年春节前后，它们都开花。一大片，从半坡垂将下来，很是好看，常常吸引路人的驻足观看与称赞。前年家里重修房屋，小土坡被挖去了不少，可是那些迎春花却还在。

傍晚时分，来到屋后的小土坡，看那些迎春花。几簇迎春花在寒风中绽放着，它们的花蕾红红的，眉眼一样，带着喜气。已经开了的花，金黄色，花形似小喇叭，灿烂无比，远远望去，那里像是笼罩着一层金色的光。

想起白居易的诗："金英翠萼带春寒，黄色花中有几般？"黄色花中，有几个能像迎春花一样，顶着霜冷雪寒而开呢？又想起黄庭坚的"欲问江南近消息，喜君贻我一枝春"，故乡不在江南，少梅花，然小小的迎春花，却也给我们带来了"春消息"。

汪曾祺曾写过，他见过一幅旧画，一间茅屋，一个老者手捧一个瓦罐，内插梅花一枝，正要放到案上。画上题曰："山家除夕无他事，插了梅花便过年。"这便是岁朝清供图。

我也想学一回古人的风雅，于是剪来迎春花一枝，拿回家，插在小瓷瓶里，放在桌案上，屋子里顿时增添了一份清雅之气，这便是我的岁朝清供。

一枝春，在素净的瓷瓶里，生动着，明媚着，年在喜悦中到来。

满架蔷薇一院香

我家有一架蔷薇花，那是爸爸栽下的。

爸爸爱花，我家房子建好后，爸爸在房前屋后都栽上了树，栽上了花。房前是一排菊花，几棵芍药，一棵木槿，一丛竹子。房屋西面是一行树和一棵蔷薇。那棵蔷薇，没几年，就长成了一大架，成了我家的标志性植物。

那是一架粉色的蔷薇，蔷薇花开的时候，绿叶间有浩浩荡荡的红。那些花朵，无论是半开的，还是全开的，都好看。特别是那花蕾的顶端刚刚吐露出一线胭脂红的小花蕾，就像刚睁开眼看世界的婴儿，我很喜欢嗅闻它们，它们有独特的香。

蔷薇盛开的时候，那面墙就成了一面花墙，微风吹来，一层嫩红，随风摇曳，满院的蔷薇香，让人心神荡漾。

蔷薇花开的时候，也会吸引来一些小伙伴，她们站在花前，看着花，不说话，也不离去，爸爸知道了，就会拿剪刀来剪一些花送给她们，她们这才欢喜地一路跑回去。我知道，她们会把那些花泡在杯子里，或是泡在碗里，她们的屋子里，也会有满屋的蔷薇香萦绕。

那架蔷薇，给我的童年和少年增添了不少幸福感，虽然家境一般，但是我们有蔷薇啊，那可不是谁家都有的。那架蔷薇，让我觉得富足。

喜欢一个姑娘的文字。她现居江南，她写江南的花，写旅游，写自己以前的经历，云淡风轻。她喜欢摄影，会弹古筝。我隔一段时间就会去她的公众号看看，看看那些轻盈的文字，听听她放在文字前面的音乐，觉得很轻松。

她也喜欢蔷薇。前两天，见她拍了几张蔷薇的照片，淡黄色的蔷薇，玫红色的蔷薇，白色的蔷薇。一张照片上，她站在一架白蔷薇前，穿着淡粉的衫，正在含笑嗅闻一朵蔷薇。很喜欢那张照片，觉得她就像一朵蔷薇，静静开放，放着淡淡的香。

五月蔷薇花开，坐车，或走路，会看到一些院子的栏杆里有蔷薇。有的开成一面花墙，有的在院子中间静静美好着，宛若在水一方的佳人。或粉或红，或大或小，都是那么美。有时站在栏杆外面久久地看，看得心都醉了。没办法，小时候喜欢的东西，一辈子都是喜欢的吧。何况，是蔷薇啊，谁不喜欢呢？那花形，那颜色，那香气。

读周邦彦的词，读到两句："待得蔷薇花谢、便归来。""蔷薇谢，归来一笑。"看来周邦彦很喜欢"蔷薇花谢"这几个字，他还专门写了一首词《六丑》，注明"蔷薇谢后作"。

虽然归来已是蔷薇花谢时，可是，因为有"蔷薇"二字，便觉得，这样的归来，也是有诗意的了。春风得意马蹄疾，蔷薇花谢，落红满地，这样的相逢，带着轻风般的笑，带着满襟袖的香气。

蔷薇花谢时，已是夏了，春花已开尽，世界转入一片浓荫。但是，因为有蔷薇开过，这个世界，也就觉得有些不一样了。那些绿，可以从容地去看了。那些日子，可以安稳地去过了。

玉兰亭亭

　　小区里的几棵玉兰这几天开花了，白的玉兰，紫的玉兰，很是醒目。

　　这几棵玉兰，是我从去年冬天就看到现在的，深冬里它们就打着苞，不，应该是从秋天叶子一落，就开始打苞了，直到现在，它们才开花，多么漫长的打苞期啊，它们这一路走来，是多么的不容易，如今它们终于开花了，我替它们长长地舒了一口气。

　　站在一棵白玉兰花树下，仰头看那些花。

　　那朵朵花蕾，笔头一样指向天空，一种昂扬向上的姿态；那些已经开了的花，硕大的花朵栖在枝头，鸽子一样，安静又美好。低头，看到这棵白玉兰的根部，离地面不远的地方，还伸出来了一个小枝，它和那些高高开在枝头的白玉兰，有着很远的距离，可是，它的上面，也开了一朵尖尖的白色的花蕾，依然是花头笔直朝上。原来，玉兰这种花，不管是开在高处，还是低处，都有一颗向上的心啊，这多像一些人。

　　我想起了静。静喜欢玉兰花。

　　那时，我们教学楼前有一棵白玉兰，早春三月，校园中的花树们都还在沉睡中，它却先开了，一树硕大的白花，高高开在光光的树枝上，一片叶子也没有，一种惊心的美。记得一天，我和静从那棵花树前经过，我们停下来看花，静仰头深情地看着那树花，微微笑着说，她最喜欢的花就是白玉兰。那天，静穿一件白色的毛衣，笔直地站立在玉兰花树前，长长的黑发垂下来，那背影，亭亭玉立，美得就像一树白玉兰。

　　那时，我和静都是普通学生，在一所普通院校上学，同学们大都是从哪来，要回到哪去。静和我不在一个系，她住我们隔壁宿舍，我们因文字相识。

　　那时，我虽然也喜欢文学，可是，为了快速改变命运，我想考研，每天把精力大都花在了背那些不想背的单词上，做厚厚的考研资料的题上。

可是静，只专心做她的文字梦，她说，她想当作家。

她每天埋头读书，构思文章，将写好的文章抄在绿格子纸上，装进信封，寄给报社。有时周末我也陪她去寄信，她寄信的次数多，可似乎从没听说发表过。

青春岁月一晃而逝。花费了整整两年的时间复习，我最终因对英语没信心，没有走进考研的试场。转眼我们就毕业了，各奔自己的工作岗位，在讲台上，在分数里，耗尽了我们绝大部分的精力，我以为静早已不写了。

可是，两年前的一天，静联系上了我，她说，她要来我们这里开会。

我们又见面了。

再见到她，我简直惊呆了。静还是那么年轻，但是，更加有气质了，变得更美了。她给我带来了礼物，是她的两本书。原来，毕业后她一直在写，作品从当地报纸发向了全国，后来就出了书，一本，两本，好几本。她的工作也由乡镇调到了县里，如今已经到了市里。我对静说，你的作家梦已经实现了啊。她笑着说，当初的梦，算是已经实现了，可是还要一直往前走呀。

静一直有一颗向上的心，经过近 20 年的努力，她终于一步一步走向了高处。那里有光，将她笼罩，让她看起来是那么迷人。

只要心中有梦，只要一直努力着、拼搏着，这样的人生，就不会差。站在这棵白玉兰花树下，我想起了静，也想起了席慕蓉的诗："我已亭亭，不忧，亦不惧。"

樱满开

樱花开了。

小区里，街边，公园，到处都是。一树一树的粉，淡雅又繁盛，只要朝它们望上一眼，心顷刻就变得柔软起来了。

我们校园也有一片樱花林，那里有十几株樱花，每年它们开花的时候，把那里开成了一片粉色的温柔世界，看得人心醉。

我喜欢给它们拍照。

当我仰拍那些花时，我看到它们开在蓝天上，在天空曼舞着，我的心，也跟着那些花、那些枝，飞上了云端，和它们一起舞蹈。

我喜欢对着阳光给它们拍照。阳光穿透花枝，给花树镀上了一层金粉，那些花看起来通透，明亮，又迷离。那样的照片上，仿佛有音乐在流淌，一朵朵花，就是一个个音符，一树花，就是一首飞扬的乐曲，看得人叹息，又叹息。

我拍起樱花来，一口气能拍无数张。我变换着不同的角度给那些花拍照，每变换一个角度，就有一种美。美啊，真美啊，欲罢不能，直拍到没有灵感了为止。

然后，我就会站在一棵花树下，静静看那些花。那些温柔的粉，便一点一点，流淌到了我的心上，濯洗着我的心，于是，我的心也是粉色的了，回家揽镜自照，发现脸也是粉色的了，眉目也柔和了许多。

有时，我正在看花时，也会遇到几位学生走过来看花。他们彼此问着，这是什么花啊，怎么这么美？我就会笑着告诉他们，是樱花。然后就见到他们惊喜的样子，说，原来是樱花啊，原来是樱花啊！那时，就会想起当年的自己。

那是多年前的一个春天，大学的教室里，我们正在上课，那位正站在讲台上给我们讲课的、瘦瘦的、酷酷的青年男老师，忽然头朝右边窗户一扭，笑着问，你们知道楼下花园里那些正开的是什么花吗？我们在这突然的一问面前，怔住了，答不上来。老师故意停了一下，然后，笑着说，是樱花。

啊，是樱花！原来是樱花啊！我们听后都感到惊喜。樱花，那是一个多么浪漫的名字啊，在我们的印象中，它是开在异国的土地上的，是存在于那首带着淡淡忧伤的歌曲中的，它怎么会就在我们身边啊。

那天，我们上完课就去看那些花。站在花园边上，只见花园里数棵花正在静静地开，那柔和的粉，那繁盛的粉，在黄绿色新叶的衬托下，就像面容姣好的女子，让人一见倾心。之后，每次从那里经过，我都要停下来看看那些花。

自从知道了那是樱花后，我们发现，原来，在我们上学的那座城市，有很多樱花。

那时，春天的周末，我们宿舍的同学常常结伴出去春游。我们去古城的各大公园玩，公园里繁花似锦，一团团，一簇簇，我们也见到了更多的樱花。我们拿着胶片照相机，四处拍照。拿着收音机，累了坐在花树下听广播。人面花面相映红，那些日子，美得像花一样。

后来，身边的樱花越来越多了，我也知道了，这种樱花是晚樱，它可能不是真正意义上的樱花，但这并不改变我对它的喜爱。

最近读到一篇写晚樱的文章，作者嫌它没有樱花的空灵，嫌它开得太过热闹，不矜持。说，轻灵，清丽，那才是真正的樱花。

我看了笑，心里却并不这么认为。这世上，没有不美的花，不同的花，各有各的美，我就喜欢樱花这种花枝满满、繁盛美好的样子。在这样的四月天里，站在一树樱花下欣赏着，或是远远看着，心沉浸在一种喜悦中，想，人生也应当有樱花满开啊，在应该绽放的时候像樱花一样尽情地绽放过，美过，这样的一生，才是没有缺憾的，才算是真正地活过。

梨花满地香

又到梨花开的时节了，朋友在微信上晒了很多梨花的照片。

梨树园里，游人如织，人们举着手机对着一树一树的梨花拍照。我不喜欢看那些人和梨花在一起的照片，觉得太闹腾，我喜欢看那几张只有梨花的照片。

几棵老梨树，静静站立着，黑色的枝干虬曲着，上面缀着雪白的梨花，还夹杂些细小的鹅黄的嫩叶，那种清新、通透、安静，摄人魂魄，我看了很久，最后把那几张照片收藏了。

想起了去年春天，看到的那场梨花开。

那是在去参观一个历史景点的路上邂逅的一片梨花。高速路的右边是一条大河，河对岸是一片村庄，村庄里的人家，有矮矮的土围墙，古朴，寂静，仿佛世外桃源。一棵棵梨树就散落在村庄周围，有的在院子里，有的在门前，有的在地头，有的在半山坡，每一棵树，都古老，都高大，都满树繁花，婆娑盛开。

看那一树一树的白从车窗飞过，心被震撼。走了一段，终于忍不住，在路边停了车，站在那里看。

丽日晴光下，隔着一条河，那些梨花，笼罩着一层明亮圣洁的光，那么寂静，那么美好，就像一个梦。站在那里，看了很久。那是我看过的最美的梨花。

梨花很入得了诗词，诗词里的梨花都是那么美。

最近喜欢上了姜夔的词。

正在翻姜夔的词集，突然一句"怕梨花落尽成秋色"跳了出来，心里一紧。梨花和秋之间，还隔着一个夏啊，怎么会是秋呢？不过细想一下，就明白了。这是一种伤春的情绪。姜夔一生飘零，他纵然再努力，也只是个江湖词人，所以，他在看到美好事物的时候，往往就会涌出一种美好过后是荒凉的伤感，这种伤感一生伴着他，如影随形。姜夔的词，梨花一样清雅，散发着淡淡的忧伤。

纳兰性德恐怕是写梨花最多的词人吧。在纳兰性德的词里，总有一树梨花开着。

"从此伤春伤别，黄昏只对梨花""新月才堪照独愁，却又照梨花落""春情只到梨花薄，片片催零落""落尽梨花月又西""满地梨花似去年"。梨花，就是离别，就是相思。在纳兰性德短短的一生中，充满了离别。尤其是妻子卢氏的早逝，成了纳兰心里抹不去的痛，她就是一树"梨花影"，纳兰性德"魂在梨花"，梨花在他这里，有着一种生离死别的凄美。

姜夔和纳兰性德这些写梨花的词句，若在少年时遇到，肯定是往心里钻的，所谓的少年不识愁滋味吧，那时喜欢萧瑟的风景，喜欢读伤感的文字，觉得那样的风景，那样的文字，才更有味道。

然而，人至中年，终于知道了什么是愁滋味，知道了人想快乐并不是容易的事，所以，如今更喜欢的，则是那些能让人快乐的事，喜欢花开，喜欢春天，喜欢读那些轻松的文字。

如今，梨树也被遍植在公园里、路边的绿化带里。春天，在小城的路边等车，一转身，发现身后竟是一排白灿灿的梨花，欣喜。看多了红与粉，看到这些梨花时，心里顿觉清爽，想起了韦庄写的那一句："满地梨花香。"

是的，风轻轻的，暖暖的，阳光明亮，梨花满地香，真是人间好时节啊。

丁香方盛处

"芭蕉不展丁香结，同向春风各自愁""青鸟不传云外信，丁香空结雨中愁"，看到丁香花的时候，不由得会想起古人的这几句诗，那么明媚的花，在古人的眼中，怎么就那么愁肠百结呢。不禁莞尔。

此刻，我正坐在车上，欣赏丁香花，一树一树的紫，一片一片的紫，在街边，在公园里，看得人心都醉了，打开车窗，深深地呼吸，想把空气中丁香花的香气，吸进肺腑里去。

第一次见丁香花，是在大学校园里。

那时，我们的校园有许多不知名的树，一到春天都会开花，有时不经意的一棵树，突然在你身边开出一树繁花，美得不成样子，吓你一跳。看着那么平凡的枝叶，你怎么想也想不出，它竟会开出那么让人惊艳的花来。

丁香花就属于这样的树。

那年春天，和同学从花园路过，不经意间，发现一棵开紫色花的树真美啊，那花树有一人多高，花朵密集成簇，把鼻子凑近一闻，有浓郁的香味。

我们寻找挂在树上的牌子，结果发现上面写着"丁香"二字，原来这就是大名鼎鼎的丁香啊，真是有眼不识丁香。这个发现让我们惊喜。

从那以后，我就经常去看那树花，在花下想一些心事。那时正当青春，一切看似美好，其实内心很迷茫，毕业后何去何从，是心底挥之不去的忧愁。很多个黄昏时分，空气中是丁香花的气息，我就站在那棵花树下，和丁香花一起，随暮色渐渐暗去。

那时我们宿舍住五个人。舍友莉是个高挑的女孩，长长的直发，气质温婉，就像山谷里的一株幽兰。

莉喜欢朗读。

一个周末，我回到宿舍，其他同学都出去了，宿舍只有莉一个人，莉正坐在她上铺的床上，朗读戴望舒的《雨巷》：

> 撑着油纸伞，独自 / 彷徨在悠长，悠长 / 又寂寥的雨巷，/ 我希望逢着 / 一个丁香一样的 / 结着愁怨的姑娘。/ 她是有 / 丁香一样的颜色，/ 丁香一样的芬芳，/ 丁香一样的忧愁，/ 在雨中哀怨，/ 哀怨又彷徨……

我没有打扰她，坐在我下铺的床上静静地听。

她嗓音低沉，语速缓慢，饱含深情，我被深深地吸引。莉沉浸在她的朗读里，那一刻她真美。我觉得，莉若是在雨天，擎一把油纸伞走在雨巷，她一定就是那位丁香般的姑娘。

自那以后，我闲下来的时候，就会说，莉，朗读一下《雨巷》吧。于是那饱含深情的女声，又会在耳边响起，我的心在她的朗读中，渐渐宁静。

几年前，遇到一位文友，很能谈得来。她说，她们那里有一大片丁香花，说是丁香花的海洋，一点也不为过。她说，小时候她见丁香花美，就摘了一朵放进嘴里，结果那个苦啊，可不是一般的苦。她笑，你尝尝就知道了。

那时，我这里还很少见丁香花，听她说起她那里的丁香花海，很是向往。

然而，才短短几年时间，我这里现在也到处都是丁香花了。不知什么时候起，成片的绿化带，以及我所在的校园，都已栽上了丁香花。

丁香花开的时节，我从花园小径穿过，总要停下脚步站上一会，静静看那些花。

丁香花和旁边盛开的榆叶梅、连翘比起来，不那么灿烂夺目，甚至有些暗淡，可是，它素净，看着让人心里既美好又宁静。

有时站在一棵花树下，突然会有些恍惚，会想起上大学时，校园里的那株丁香，会想起莉，甚至会想起和那位远方的朋友，一起写文字的日子。

丁香花开的时节，手边正好有一本书：张晓风的《丁香方胜处》。好听的书名，淡雅的封面，上面是丁香花的花瓣。最后一篇是同题文章，翻开读。

张晓风没见过丁香花，可她喜欢一位俄罗斯诗人写丁香的诗：

在丁香花盛开的时候 / 美丽的树影投在地面 / 树下，铺上一张桌子 / 此时此刻，对于幸福 / 你还能再作什么更多的要求呢？

她很喜欢这首诗，于是将它翻译成旧体诗：丁香方盛处，清影泻地时，隐几花下坐，此心复何期？

眼睛在这些美好的句子上，来回扫过，舍不得离开。两种诗都美，近体古体，我都喜欢。

是啊，丁香花开的时候，一切都是那么美，包括那些清愁，那些忧伤与迷茫。美丽的树影洒下一地，在花树下坐，或从花旁经过，那种美好，还有什么可说的呢？

第二辑　聆听落叶的声音

心生好感

那天下午，刚买了一盆栀子花，很开心，电脑右下方有消息在那里闪，有人要加你，你发现她的签名是：亲手种的栀子花开了，因为爱，芳香自是不同。顿时，对那位朋友心生好感。

一个博客上，你正读一篇喜欢的文字，突然一段雨声箫声的背景音乐响起，心顷刻被击中，对这个博客，你心生好感。

读一本书，作者在文字中多次谈到喜欢在有月亮的晚上观月，喜欢看花，你对这位作者心生好感。

有一次你发现了一篇好文章，打开了一个博客，博客的主人，那位已近不惑的特级女教师，看起来那么年轻，她爱美，喜欢穿背带裙，有一件裙子竟和你的裙子很像，顿时，你对她心生好感。

看一个电视访谈节目，那位旅法大提琴演奏家说，他喜欢一切美的东西，美食、美服、美月、美梦，那一刻，你，心生好感。

看到一位中年女演员在微博上说，谁也别想同化她，她绝不穿老年服，到老也要美美的。那一刻，你对她心生好感。

一个雨夜，不远处的黑暗中传来一段笛声，吹的是十年前一部电视连续剧的主题曲，一刹那，你对那个地方，心生好感。

大学时，隔壁宿舍，一群人在聊天，你见一位女同学，端坐桌前手执毛笔安静写《兰亭集序》，顿时，心生好感。

偶然一次切换到本地电视台，你看到当地那所大学里，一位爱好写作的中年女教师，撑一把伞，在细雨中，边走边接受电视台的采访，一件灰色的 T 恤，长发，优雅端庄，那一刻，你对她心生好感。

夏天，你正在街上走，不经意间朝一个方向一瞥，发现一位女子，身穿粉色旗袍，撑一把浅色太阳伞，在前面袅袅婷婷地走，正是你心目中穿旗袍的样子，刹那间，心生好感。

每个人生而孤独，你在别人的身上寻找自己，发现自己，验证自己。

在别人的生命中寻找自己的方向，在别人的文章中读自己的思想，在一部影片中看自己的命运，在一首歌中听写给自己的那几句歌词，在一段旅途中寻找契合自己心灵的风景。

取一些暖，然后在自己的世界里继续孤独前行。

独自美好

上班路上，你从车窗望出去，河对岸的那一堤新柳，如烟，似纱，它们轻轻摇摆，摇动了你的心。那一刻，你心生柔软，是的，凡俗生活，只要你去看，总会有一片风景会抚慰你的心，就像这一抹绿色。

你从那条小径穿过，两旁的榆叶梅肆意盛放，你不禁对那些花说，"你们开得真好啊"，你想，花是一定能听见的，低矮的花树旁，许多白蝴蝶在翩翩起舞，花仿佛在回应你，"你若盛开，蝴蝶自来"。

那些七叶树，在四月天里，树梢长出一簇一簇的新叶，新叶之上是蓝天、白云，它们在蓝天的底色上变成了唯美的图片，天空那么高远，你的心也不断飞升飞升，仿佛要到那云端上去，那一刻，你感觉，即使再忙，也要仰望蓝天。

晚樱开了，樱花林边，你拿起相机，对着上午的光拍照，镜头里，流光四溢，樱花诗意柔美，你是唯一对那些樱花拍照的人吧，那一刻，你的精神和樱花上的光一样明亮。

落雨的黄昏，你头靠椅背，微闭双目听音乐，箫声外是雨声，雨声濯洗着你的心，箫声百转千回，你的心也千回百转，箫声里有着怎样的故事啊？他的寂寞如此美丽。

夜色中，你在广场上慢跑，清风徐徐吹过，耳机里的音乐，忧伤舒缓，淡淡流淌，一抬头，你看见满天星光，你的心里没有忧伤，只有着淡淡的美好。这是一个令人沉醉的夜啊，你感叹。

静夜，你读《幽梦影》，读到"春听鸟声，夏听蝉声，秋听虫声，冬听雪声。白昼听棋声，月下听箫声，山中听松声，水际听欸乃声，方不虚生此耳。若恶少斥辱，悍妻诟谇，真不若耳聋也……"不禁莞尔，为涨潮的雅，为涨潮的真。

一个会，大家都散坐闲聊，你走近窗前，临窗而立，楼下花园春意正浓，几树丁香开成了一片紫色的光，看着它，你的心亦繁盛如春，从丁香的紫色光中抬头，你又看向了那片天空，想到了那些你的同类，那些遥远的精神挚友，众声喧哗中，你也就不觉得孤独。

是的，与天空为友，与花为友，与音乐为友，与雨为友，与书为友，与自己为友，还有那些遥远的精神上的挚友，在小城，在陋巷，你也就不觉得孤独。

有人说，一个人的时候，也要好看。你，孤独而美好。

淡香最宜

一

那晚在广场跑步，远远看见广场中间有一位跳舞的女子，穿乳白色上衣，黑短裙，长发，身姿很美，所以每一次经过那里，都忍不住朝她多看几眼。

不知什么时候广场舞已经结束，在我又一次转弯的时候，她走在了我前面，正准备好好欣赏一下她美丽的背影，一股香气扑鼻而来，是那种浓香，突然间觉得好可惜，她用的香水破坏了她身上那淡淡的美。

记得去年夏天，也是在这个广场，一次晚饭后散步，遇见了一位穿黑长裙的女子，走近她的时候，一股清凉的香随夜风飘来，那香带有淡淡的中草药味，闻起来清凉入心，一时竟跟在她后面走了很长时间，心里在想，这真是一位美丽的女子。

二

文字也是有香气的，一些文字散发着淡香，那些明清小品文就是。

"雾凇沆砀，天与云与山与水，上下一白。湖上影子，惟长堤一痕、湖心亭一点、与余舟一芥、舟中人两三粒而已。"读张岱的《陶庵梦忆》，心也像下了一场雪，空明，辽阔。

《小窗自纪》《闲情偶寄》《幽梦影》，这些文字也都是淡雅的，光读读这些书名，就已经感觉到了那一种淡味。

民国散文也是素淡的。周作人、沈从文，他们的文字，字里行间透出一种淡淡的韵味，寥寥几笔，就勾勒出一份闲情来。

　　一些台湾作家的散文也是淡的，比如林清玄、蒋勋，他们散漫地写，似乎毫不用力，就像在跟你闲聊，从容，轻松，你也读得随心、自然。

三

　　一位朋友在微信上写了一段文字，她说："你来，我们在这样的落雨之日，坐窗前，听雨。"落雨天，你来，我们就这样坐着，无须说更多的话，只需听雨。那种宁静令人向往。

　　古人也写："寒夜客来茶当酒，竹炉汤沸火初红，寻常一样窗前月，才有梅花便不同。"寒夜客来，围炉煮茶，我们一起赏月，赏梅。

　　读一位作家的书，他写道，春天的一个黄昏，一位朋友来拜访他，朋友知道他爱喝茶，携一陶罐相送，让他装茶叶，他沏上好茶，和朋友一起喝茶，聊天。聊着聊着，天黑了，突然停电了，他们就黑着聊，饿了，点灯煮粥，是山药南瓜粥。之后，他笑称那次和朋友喝了半天的"盲茶"。

　　这样素素的交，淡淡的交，没有利益的相牵，只有爱好的相投，彼此的欣赏，像茶一样清澈，像粥一样素淡，却在岁月里回味悠长，散发着淡淡的香。

　　如此，甚好。

慢慢养

一

朋友坐在我旁边伤心地说，她中午把她儿子打了一顿。我问为什么要打？她说，她儿子各科的平均分都没达到班级平均分。

我无语。我明白她的压力大，可是打就能解决问题吗？

想起了一位同事，她的孩子以前成绩很不好，但是从来不见她愁云满面，从来没听过她对孩子的抱怨与指责，见了人依然说笑，依然那么有精神，优雅有气质，她的家里也经常是欢声笑语。这位同事就是在这种轻松的心态下，教育辅导着孩子，孩子一点一点进步，最后成绩竟提高了一大截，三年下来，成了名列前茅的孩子。

记得有一次我儿子考试没考好，我有些着急，和她谈起来，她说，孩子成绩越差越要爱孩子，帮孩子，我们都是搞教育的，明白现在的学生很苦，负担重，竞争非常激烈，孩子考不好老师肯定会着急，给孩子施加压力，如果这时家长也和老师一样，只给孩子压力，孩子压力过重，说不定就更加没信心了，自暴自弃。我们要理解孩子心里的苦，要和孩子好好沟通，给孩子希望，鼓励孩子去追赶，帮助孩子找回自信，而不是打压。

最后她笑着说，孩子要慢慢养，不要急。

二

云姐是我的亲戚，也是我的邻居，喜欢煲汤。

她每个周末都要煲一锅汤。有时是排骨汤，有时是猪蹄汤，有时是鸡汤。每次煲汤都用专门的大砂锅，先用大火再用文火煲上两三个小时。煲好放在冰箱里，每天早上盛一碗喝。

除了煲汤，她还喜欢熬粥。什么薏仁红豆粥，银耳莲子粥，黑米红枣粥，她每天晚饭只喝粥。

当身边的朋友在为用高级化妆品引起的皮肤问题苦恼时，她却美滋滋放心地品着她的汤，喝着她的粥。

她的化妆品很简单，但是由于长期喝汤吃粥，面色红润，皮肤细腻白皙，身材好，四十几岁的人看起来宛如二十几。

每每有人感叹，什么化妆品又出了什么问题时，她总是说，有那些钱还不如拿来买好材料煲汤呢，人们不是说嘛，养颜，养颜，容颜是要慢慢养的，光用那些化妆品去遮盖是起不了根本作用的，其实很多人都知道喝汤对皮肤好，可是她们喝几回，见没什么效果就不喝了，哪有那么快，她们太心急了。她笑说，养颜是要慢慢来的。

三

一位很优秀的省级骨干教师朋友，很喜欢张岱的《湖心亭看雪》和苏东坡的《记承天寺夜游》，每遇到可以自由选择的公开课，她都喜欢在这两篇文章中选一篇来讲。

一次和她闲聊，问她为什么总喜欢讲这两篇文章，她说，讲这样的文章可以养心。

"雾淞沆砀，天与云与山与水，上下一白。湖上影子，惟长堤一痕、湖心亭一点、与余舟一芥、舟中人两三粒而已。""庭下如积水空明，水中藻荇交横，盖竹柏影也。"

她随即低吟，声音轻微淡远，就像她在课堂上那般，眼里充满向往。

她还讲到，一位她喜欢的作家爱在下雨的时候读书，拉一把藤椅，躺在里面，手握一本线装书，读着读着，滴雨打窗的声音将他带入梦乡，书抛在地。

一位作家喜欢观月，有月亮的晚上，必然要望月，仿佛对那月亮有很多话要说，怎么也看不够，他说，月圆之夜，不看月是一种浪费。

作家葛红兵在一篇文章中说："只要你从世俗的功利中抬起头看看，那片绿色就属于你了；听听，那池蛙鸣也就是你的了；想想，看着天空发一小会儿愣，那天空就是你的了。"

她说，他们都是与天地精神往来的人，他们都是懂得养心的人。

喜欢"养"这个字。

养，意味着要慢慢来，慢下来，静下来，一点一点地改变。

养，是心里存了希望的，那些明明灭灭的希望，在远处闪，循着这个希望走下去，走下去，走着走着，就有了一丝气息，走着走着，就有了一种生机，走着走着，就品到了生活的真味，走着走着，一抬头，忽见花开。

当有光照亮的时候

暑假的清晨，我在河滨公园跑步，边跑边看着河滩上的花，突然，一棵蜀葵让我眼前一亮。

那棵蜀葵，长在河堤半坡的草丛中，枝上缀着四五朵艳红的花，花朵背对着我，那些花朵被阳光照亮了，红水晶一样，我被它们的美惊到了，看了一眼，再一眼，我边跑边想着那几朵花，心里充满欢喜，半天沉浸在那几朵花的美里出不来。

跑完步，我顺着台阶下到河滩，那里有一条红砖铺的路，路两边开满波斯菊，粉的、白的、紫的。我边走边欣赏着那些花，突然，就看见了一片正被阳光照得透亮的花，那些花，似乎有了神性，迎着太阳，空灵欲飞，我在那里，默默看着，心里惊叹又惊叹。原来，再平凡的花，一旦被太阳照亮，它就美成了奇迹啊。

其实，叶子被阳光照亮的时候，也有一种动人的美。

我喜欢春天透过阳光看丁香花的叶子。那时，丁香花还没有开，只是一树绿色的叶子，那些叶子透过光看，就像一树的翡翠，比花还要美丽。

还有盛夏的龙爪槐。它们仿佛被理发师剪齐的姑娘的短发，下端整齐，夏天，它们的叶子已经老了，成深绿色的了，但是，当它边缘的一绺被阳光照亮时，那些叶子，顿时青嫩了起来，轻盈了起来，仿佛春天又回来了。

初秋爬山，抬头间，见前方一棵枫树，半棵树的叶子正被秋阳照亮，那些小手掌一样的叶子，透着明净的绿，仿佛那里的空气都更清新了，在那棵树下来回走着，不舍得离开，最后，和那棵树合了影，我要把那抹明净，永远珍藏。

深秋的阳光，更是把一个普通的世界照得神奇。

马路边高大的国槐树，一小枝不知被从哪里透过来的一缕光照亮了，灿烂的金子般的黄，和没被照亮的暗沉的枝枝叶叶，形成了鲜明的对比，看一眼那黄，心顿时软下来了。

　　花园里，紫叶李的叶子，透过阳光看，一树一树醇厚的红色，红酒一样的颜色。看得我，醉了。紫叶李春天开着满树梦一样的淡粉色的花，秋天，又是满树醉人的红叶，达到另一种极致的美，紫叶李的一生，真是值了。

　　银杏的叶子，在深秋，本来就已经黄得晃眼了，哪里有银杏树，仿佛那里的空气都是黄色的了，再经阳光一照，满树清澈的黄，看得人的心，都滴出水来了。

　　深秋坐车在高速路上走着，一树一树的洋槐树、榆叶梅、桃树、杏树的叶子，被秋阳照亮，空灵通透，一步一惊心，让人目瞪口呆。

　　有时看到一朵被照亮的花，或者一树被照亮的叶子的时候，也会想，人怎么才能变得明亮呢？

　　人不可能被照亮，人只有自己照亮自己。

　　每个人都有一个精神内核，它便是你心里发光的地方，当这里有光时，你也会被照亮，那时，哪怕再平凡的面庞，也会生动起来。当你心里的光足够强时，你就是一个精神明亮的人，精神灿烂的人，那时，你就会生动成一种奇迹。就像那些被阳光照亮的花朵和叶了，生动，迷人，令人惊叹不已。

幽篁在心

静夜，泡一杯茶，随手翻一卷唐诗，散漫地看，眼睛突然停在了王维的《竹里馆》，"独坐幽篁里，弹琴复长啸，深林人不知，明月来相照"。

心一下子柔软起来，想起了那片竹林。

那片竹林，有两间房那么大，竹子疏密正好，地上铺着厚厚的一层枯竹叶，上面还有一些光闪闪的新鲜小笋壳，看起来很干净，踩在上面柔柔的。那些当年的新竹子，竹竿上裹着一层白粉，笔挺地立在眼前，英气逼人，就像一位翩翩少年郎，一袭青衫，迎风而立，儒雅风流。

我在两根竹子上绑一根绳子，坐在上面荡秋千，每荡动一下，竹子摇摆，发出一阵淙淙声，就像一阵小溪流过，清凉幽静。

那是舅舅家屋后的竹林。

后来老家门前也有了一片小竹林，是父亲从舅舅家挖的几棵小竹子长成的。

下雨的时候，坐在屋檐下听雨落在竹林里，淅淅沥沥，哗啦哗啦，雨中的竹叶苍翠欲滴，一枝新篁从一边斜过来，鲜亮明媚。雪落，竹子佝偻着腰，叶上斑斑雪痕，一阵风过，雪"啪"地一声掉在地上，响起一阵风铃般的声音。小小的竹林聚了很多鸟儿，一种有着浪漫名字的鸟，"相思鸟"，每天黄昏扑啦啦飞进去一大群，每天清晨早早在林中欢叫。

每年回家都要长途跋涉，过秦岭，一片一片的竹林，或在山野无人处，青青翠翠一大片，或在山里人家的房前屋后，映着白墙青瓦，一缕炊烟。这些竹子，看着总能让人安静，心似乎也飞到了那山里去。

喜欢唐朝钱起的一句诗，"竹下忘言对紫茶"。一个人坐在竹林里，喝茶、看竹、发呆，一坐一整天。

也喜欢辛弃疾在《蓦山溪》中所写的那样，"行穿窈窕，时历小崎岖，斜带水，半遮山，翠竹栽成路"，走在栽有竹子的道上，自由享受山水的清幽。

郑板桥是有名的喜欢竹子的人，一生不知道画了多少竹子，他在画的《竹石图》上题写道："茅屋一间，天井一方，修竹数竿，小石一块，便尔成局。亦复可以烹茶，可以留客也。月中有清影，夜中有风声，只要闲心消受耳。"

"只要闲心消受耳"，是的，只要有一颗闲心，不管身处何方都可以看见风景吧，可观星月云舒，可听风雨鸟鸣、可赏花草奇石，可看远山一抹，近水初平，可看茶叶在杯中曼舞，茶水的热气在杯中袅袅绕绕。

那么，只要有一颗闲心，心里也自会有幽篁一片吧，就像此刻，读着王维的诗，那千年外明月照彻的竹林，那些记忆中的竹林，穿越岁月而来，风吹竹动，竹叶沙沙作响，像淙淙的流水声，像一串串脆响的风铃声……

且听松风

静夜，读陈继儒的《小窗幽记》，被那些写松树的句子深深吸引："松声竹韵，不浓不淡""菊花两岸，松声一丘""山径幽深，十里长松引路""溪响松声，清听自远；竹冠兰佩，物色俱闲。"一时仿佛万亩松林现于眼前，松风阵阵，松声阵阵。

想起了校园里的那些松树。

秋光灿烂的日子，一踏上校园大道，就有一股清香扑鼻而来，天香一般，顿时令人神清气爽，心情愉悦，那是松树散发的香。

校园大道的两旁，是一米多高的松树，明亮秋光下，它们闪着洁净的光芒，走近一棵树，凑近鼻子闻一下，一股淡淡的松香味在鼻息间流转，觉得能闻到此香，这真是美好的一天。

故乡的大地多松树，松树一般都长在山里，我是从小就喜欢松树的。

小舅家住北山，他家对面有一面坡，上面长了许多松树，小时候我常去那里玩。

那些松树都是矮矮的，粗粗的，而且越矮越粗，上面长着许多枝杈，让人忍不住想去爬，每次只要一上那山，我就会找一棵长得好的松树爬上去。

坐在松树上看满山的风景，是一件惬意的事。微微的风吹来，拂得人脸上痒痒的，枯黄的茅草地上，卧着一些黑色的大石头，奇形怪状的，我看着那些大石头，能给它们编出一大堆故事来，我常常被自己编的故事感动。

冬天，山上除了松树，还有一种树也特别美。它们结满树红红的小果子，鲜红欲滴，一片一片，似云霞，如火烧，在冬天的荒草和青松的映衬下，格外醒目。当地人叫它"葛棘梁"，这样的红果子长在那里是很诱人的，小孩子们都爱摘下它们来吃，可是味道太涩，不能多吃。

那面松树坡，让我小小的心灵第一次感受到了大自然的美。

后来到了北方工作，很多家乡的植物这边都没有。

刚来的那一年，有一次爬山，发现那个山顶竟然有一片松林，很是诧异，原来这里也有松树啊，就像在他乡遇见了故人。

那是一片小小的松林，松树长势不如故乡的松树好，没有那种苍翠如烟的感觉，但是有松树总是好的。偶尔得了空闲，便去看那些松树。

找个地方坐下来，听风吹过松林，松针飒飒作响，那清越的声音抚过大脑，心里会变得很安静，仿佛自己的心也被收了去，化作松林里的一株松树，任风抚摸，任雨洗礼。

不管来时怎样的心情，坐上一阵，去时都是一身轻松。

有时返回时，捡几个松塔，或折一枝小小的松枝，采来路边小野花三两枝，回家插在瓶子里，便有了《归去来辞》里的"松菊犹存"，又能欢喜上半天。

如今，各处的公园遍植松树，松树可以说是无处不在了。

累了时，停下你匆忙的脚步，看看路边的松树吧，看看那满树绿绿的松针，看看那新鲜精致的松塔，看看那松树之上的高天流云，你会感受到生之喜乐，生之美好。

南宋倪思在《经鉏堂杂志》中说："松声、涧声、山禽声、夜虫声、鹤声、琴声、棋子落声、雨滴阶声、雪洒窗声、煎茶声，皆声之至清者也。"

闲时，坐下来，听听风声，听听雨声，听听虫鸣声，听听鸟叫声，听听松声吧，这"至清"之声，定会给你的心送去片刻清凉，让你的日子温柔生动起来。

看云

进厨房准备做饭时，一抬头，被窗外的几朵云惊住了。

那是怎样的云啊，在深蓝如海的天幕上，几朵轻柔洁白的云，抽着丝，像棉花糖，又像小精灵，看得人心里柔软无比。

这是我家的后窗，在我家的前窗，经常也会看到一些好看的云。

我住的楼，前面有一座山，一些云，经常在青山之上，或远或近地停留，特别是在夏天，山上树木青翠，白云与青山相映衬，那景色，真是美极了，我常站在落地窗前，一看看上半天。

常常，看着那些云，会想起陶弘景的诗："山中何所有？岭上多白云。只可自怡悦，不堪持赠君。"是的，这么美的云，真想摘一朵送给朋友看看啊，可是，这种美，只能独享，你是不能把它们赠予别人的，你甚至，也不能真正描述出那种美，那种美好，真是难与君说。

陶弘景用这首诗回答齐高帝萧道成的诏书所问，他不出山，他要过有白云相伴的神仙日子。

有时看着那些云，也会想起陶渊明的诗句："云无心以出岫。"

白云自由自在地在山间飘浮，就像一个没心没肺的人那样纯粹快乐。"无心"二字，真是好，若有心了，就沉重了，就轻灵不起来了，就飘浮不起来了，就不自在了。

人们一提起陶渊明，就说起"采菊东篱下，悠然见南山"这种淡然的句子，可是，陶渊明并不是生来就有一颗淡然的心的，近来读陶渊明，读出了一种激烈。

陶渊明在四言诗《停云》里写："霭霭停云，蒙蒙时雨。八表同昏，平路伊阻。""停云霭霭，时雨蒙蒙。八表同昏，平陆成江。"

这虽然是一首思亲友的诗，可是诗里却充满了悲愤，这里的停云，是一团散不去的乌云，这首诗，描写了一个昏天黑地的晋朝世界。

其实，这才是真实的陶渊明啊，他曾经也是激烈的。龚自珍就说陶渊明"莫信诗人竟平淡，二分梁甫一分骚"，陶渊明身上，是有着诸葛亮的抱负、屈原的愤慨的。很多人，都把陶渊明偏读了。没有谁生来就是淡然的，所有的淡然，都是与自己激烈争辩后的和解。

八月的一天，去古城朋友家玩。我们正走在一条宽阔的马路上，她突然惊呼一声，你看，那些云多像一条大鱼啊！循着她手指的方向望去，确实，前方天空中正横卧着一条大鱼，身上鱼鳞片片，清晰可辨，彼时，正是黄昏时分，天空淡蓝，柏油大道空旷，路两边的两排栾树正开着细细碎碎的黄花，环境优美，我和她牵着手，一起仰望天边的云，给那些云天马行空乱编一气故事，我笑，她也笑，那一刻，觉得这真是世界上最浪漫的事。

天上的云真美啊，平时多抬头看看云吧。

你瞧，花开得多美

初秋的晴朗天，在路边遇见了一大片百日菊，红的、黄的、紫的，一片明媚。停下车来，给它们拍照，站在旁边欣赏了好一会儿，那天本来心里有些烦乱，看到那片花，心也跟着明媚起来，想起卢梭的那句话：别烦，你瞧，这花多美。

暑假读朱良志先生的《八大山人研究》。在引言里，他这样落款：作者记于丁亥年荷花盛开时。"荷花盛开时"，多么美好的字眼啊，眼睛在这几个字上停留。八大山人喜欢荷花，晚年的斋号为"何园"，是因为他想成为一位"荷园主人"。我知道朱良志先生这样落款，是在向八大山人致敬，可是，看到这样的落款，还是对他又添了几分敬意，他的心里有花开。

苏东坡遭遇乌台案被贬黄州，开始了他人生的艰难岁月。黄州，地处偏远，可是，那里的山上有一株海棠树：

"黄州定惠院东小山上，有海棠一株，特繁茂。每岁盛开，必携客置酒，已五醉其下矣。""寓居定惠院之东，杂花满山，有海棠一株，土人不知贵也。"

那一株海棠，长在山上，在土人眼里，那就是一棵寻常树而已，他们目中无花，任花自开自落，只有苏东坡识得它的美，喜欢它，欣赏它。

他为这株海棠写了许多诗："江城地瘴蕃草木，只有名花苦幽独，嫣然一笑竹篱间，桃李漫山总粗俗。也知造物有深意，故遣佳人在空谷。""今年又苦雨，两月秋萧瑟，卧闻海棠花，泥污燕支雪。"海棠，那不是桃李之类粗俗寻常的花，那是幽独的空谷佳人，那是"燕支雪"，那是他心灵的寄托，那甚至就是他自己。

一棵海棠花树，在艰难岁月里，抚慰了苏东坡的心。

喜欢汪曾祺在《人间草木》里的一段话："如果你来访我，我不在，请和我门外的花坐一会儿,它们很温暖,我注视它们很多很多日子了。它们开得不茂盛,想起来什么说什么,没有话说时,尽管长着碧叶。"这段话写得真美。

汪曾祺是深深爱着花的人,你来访我,我不在,你就你坐在那里看看花吧,你看,那些花开得多美,当你坐在花里的时候,你是那么温柔美好,就像花在风中一样舒展惬意美好。

烦恼时,劳累时,去看看花吧,哪怕是一瞥间,那灿烂,那美丽,也会让你的心温柔起来。这世界有那么多的美好在等着你去看,为烦恼消磨了时间,真是不值得。

你瞧,花开得多美。

烟云供养

读张岱的《琅嬛文集》，读到这样一段：

> 黄大痴九十而貌如童颜，米友仁八十而神明不衰，谓其以画中烟云供养也。蓝田叔年至望八，其画枯木竹石，笔力愈老愈健，盖得力于服食烟云者，应亦不少。

喜欢"烟云供养"这四个字。

整天眼睛看着烟云，手中画着烟云，心里想着烟云，那淡淡烟云，一日日浸染着他们，让一颗心，远离了尘世烦扰，安静，闲适，于是，他们脸上有润色，他们神清目明，他们都高寿。

其实想想，能够供养人心的何止烟云？

夏末秋初，暑热未消，去那座城市办事，看了一路的花。

一小片一小片的百日菊，隔一会儿，就从车窗掠过一次。各种颜色的，缤纷一片，灿烂一片，看得目瞪口呆，花都过去了，人还没回过神来。

特别是那条出城的路，一片一片黄色的花，铺在绿草之中，有孔雀草，万寿菊，金光菊，还有一些淡粉色的花，远远看，有点像粉色酢浆草的叫不上名字的花，一段一段地间隔其中，一片一片的温柔粉。

城是新城，宽阔的马路也是新修的，车一辆一辆从中间的车道驶过，两边的人行道上，空无一人，那条路，寂静，灿烂，明亮。路旁的花草，连接着就在眼前的山，通向绿得更深更密处。真想下去，在那条路上走一走，可是时间不允，我的心，被那一片一片的灿烂抚过，尘世奔波的厌倦与劳累，突然间就消失了，以致回忆起那天来，忘记了劳神费力的事，眼前只有，那一片片灿烂寂静的黄色花。

盛夏读书，喜欢读那些淡淡的文字。手上翻着一本《陶渊明全集》，无论是《归去来兮辞》，还是饮酒诗，读来，都是淡中有味，清凉幽静，篇篇往心里钻。深冬，读二王杂帖，读六朝文章，在暖气很旺的夜晚，有围炉而坐的静谧安好。好文字，它总能供养你的心。

音乐也一样。偶然间听到一首好听的古琴曲，在那一扬一挫的勾与拨中，你的灵魂洞开，那一刻，世间哪还有什么苦，哪还有什么痛，心里，只有松，只有竹，只有明月，只有清风，只有高山巍巍，水波潺潺，只有蓝天如洗，白云悠悠。日月星辰，山水林泉，皆成了你的朋友。

落雨夜，听雨打在窗前国槐上的声音，听雨打在窗外护栏上的声音，听车子轧过充满雨水的路面，"唰""唰"的声音。这样的夜晚，做什么都是静美的。夏夜，虫鸣如潮，夜越深，虫鸣越清晰，枕着虫鸣入睡，夜，那么温柔，那么静。还有清晨如水的鸟鸣。这些自然之声，只要你懂得去倾听，它们同样可以供养你的心。

十月的夜晚，走上一条开着桂花的路，桂花丝丝缕缕的香，在夜色中缠绕着，清凉迷人的气息，边走边闻着香，心里有许多美好涌动，心想，这便是香供啊，默默地，对这个世界充满着感激。

凡世间的美好，皆可成为供养，只要你懂得去感受。这些供养，会让你心清心静，让你清澈清香，让你纯真纯粹，这样的你，哪会那么轻易地老去。

有意思

"春天是破晓的时候最好。渐渐发白的山顶，有点亮了起来，紫色的云彩微细地横在那里，这是很有意思的。""九月里的时节，下了一夜的雨，到早上停止了，朝阳很明亮地照着，庭前种着的菊花上的露水，将要滚下来似的全都湿透了，这觉得是很有意思的。"读《枕草子》你会发现，"有意思的"，在书中随处可见。有意思的人，才会看到有意思的事，写这本书的人清少纳言，无疑是个有意思的女子。

魏晋时期多有意思的人。王子猷喜欢竹子，他每到一个新住处，都要给院子里栽上竹子，哪怕是暂时借住在别人家里，他也要给院子里栽上竹子。他说："何可一日无此君？"王子猷有一天出远门，舟行在河中，忽然听有人说岸边有桓伊经过，桓伊的笛子举世闻名，子猷非常想听他的笛子。但子猷和桓伊并不相识，而桓伊的官位远在子猷之上，子猷并不在乎这一点，就命家人去请桓伊为之奏乐。桓伊知道子猷的美名和性情，二话没说，就下了车，来到子猷身旁，为他演奏了三支曲子，子猷静静地倾听。奏毕，桓伊便上车去，子猷便随船行。二人自始至终，没有交谈一句话。王子猷和桓伊都是有意思的人。古人的这种相知，这种真性情，在今天还会有吗？

喜欢张岱的《湖心亭看雪》。大雪之夜，张岱一个人去往西湖的湖心亭看雪，没想到那里已经有两个人在看雪了，而且是边煮茶喝，边看雪，相当地惬意。那是金陵一相公和他的童子。"莫说相公痴，更有痴似相公者！"西湖一场雪，张岱的一篇文字，让我们看到了两个有意思的人，那位金陵相公、张岱，他们都是有意思的人。

"解衣欲睡，月色入户，欣然起行。念无与为乐者，遂至承天寺寻张怀民。怀民亦未寝，相与步于中庭……何夜无月？何处无竹柏？但少闲人如吾两人者耳。"哪怕是被贬，明月夜，苏轼也要赏月，不是一人赏窗前月，而是叫上有同样情趣的人，一起在月下漫步，踏着庭院中的一地竹柏影子，感受月光融融。那庭月色，从宋朝一直照到今天，照彻了多少后人的心。

有意思，关乎情趣，关乎审美，关乎情怀。

聆听落叶的声音

秋深了，树叶落了一地，厚厚的一层，想起了朱光潜的"厚积落叶听雨声"。厚厚的落叶，在院子里，在阶前，落雨的夜，雨打在落叶上，簌簌作响。风吹来，有落叶被卷起的声音，那声音，使夜显得格外宁静。听着这样的声音，人的心也很静，很静。

自然界的一些声音，总是那么微妙地影响着人的心。

一位文友说，她每天早上要爬一次家后面的山，山上有许多树，她听一听山上的鸟鸣，心就像被洗过一样。

我每天都会注意听鸟鸣。我家窗前有树，一年四季，几乎每天早上，都会听到鸟鸣，小鸟叽叽喳喳的鸣叫声伴着清晨的气息，天幕一样倾洒下来，不急着起床的我，在枕上听一会鸟鸣再起来，心里就像长了一面青草池塘，清澈明净。

也曾记得一位朋友说，她老家屋后有一条河，河面很宽，水浅，里面有很多小石头，晚上，小河的水流声很大，她常常躺在床上听着小河流水的声音入梦。后来，她到了城里，每当烦闷了，心累了，只要回家住一晚，听一听小河流水的声音，就能不治自愈。

她说这话时，我想起了老家门前的那片竹林。

老家门前有一片竹林，是房屋刚建好的那一年爸爸栽下的，没几年它们就长成了一片小竹林。风起时，竹子沙沙作响，那声音轻抚着你的大脑，让你觉得心里很安静。

风雨落雪之夜，风吹来，竹声萧萧，就会想起明代高濂《四时幽赏录》里的句子："飞雪有声，惟在竹间最雅。山窗寒夜，时听雪洒竹林，淅沥萧萧，连翩瑟瑟，声韵悠然，逸我清听。"听着萧萧竹声入睡，一夜好眠。

微风吹过松树的声音，也一样让人倾心。

看马麟的《静听松风图》，一位老者，坐于一棵大松树下，衣带轻缓，半闭着眼睛，听着风吹过松树的声音，是那样陶醉与享受。羡慕他那种闲雅的心态。静听松风，他应该是一位旷逸风雅之士吧，不然怎么会懂得风吹过松树的声音之美妙呢？

偶然间听到《风入松》的古琴曲，相传这首曲子为嵇康所作，听了几遍，对曲调似解非解，然对"风入松"这三个字却很是喜欢。风入松啊，风入松，微风吹过松针，那细细碎碎、泠泠淙淙的声音，似蚕食桑叶，似细水流过，让人的心灵跟着起舞，心里该有着怎样的静，才能听到那样清越细微的声音啊！

古之文人雅士，大多喜欢聆听大自然的声音。

张潮在《幽梦影》中说："春听鸟声，夏听蝉声，秋听虫声，冬听雪声，白昼听棋声，月下听箫声，山中听松风声，水际听欸乃声，方不虚生此耳。"陈继儒在《小窗幽记》中说："论声之韵者，曰溪声、涧声、竹声、松声、山禽声、幽壑声、芭蕉雨声、落花声，皆天地之清籁，诗坛之鼓吹也。"

他们懂得倾听大自然的清籁之声，而我们现代人似乎总是忙碌，忽视甚至遗忘了那些需要静静聆听的、美妙的声音。

"厚积落叶听雨声"，落叶不要轻易扫啊，留下来听听雨声吧；也不要一直忙，在忙的间隙，听听鸟鸣声，听听溪涧声，听听落叶的声音，听听风吹过树林的声音吧，说不定你也会听到风入松的声音，说不定你也会有心被洗过的感觉。

他将美好指与你看

一

她说，冬天最有中国画的意境，寒山、枯树，就是一幅幅寒林图。

她说，你来啊，我们去看叶子，小区的红叶李透过阳光看，那种红，红酒一样醇厚，看得人心都醉了。

她说，冬天的日出更加柔和，每次站在那里看，都会想起《卿云歌》里的那几句："卿云烂兮，糺缦缦兮。日月光华，旦复旦兮。"感觉山川静美，日月静好。

她说，一声鸟鸣，一缕清风，一片云，一朵花，这些细小的美好，只要你去欣赏，随时都有。

二

他说，什么都能写出好文章，就看你怎么写，别人写过的主题，你也可以再写，就看你怎么阐述。

他说，写散文就是说话，说自己的话，就是与朋友聊天，有作者自己的气息在里面。

他说，书读得多了，就能看出文字的好坏了，那些质朴的文字才是好文字。

他说，读书就是要奢侈，就是要挑最好的读，一部就是一部。

三

她说，看一个人，你看她的眼睛，一个人的眼神温柔了，她的心也就变得温柔了。

她说，你看，人家那位法国老太太都八十几岁了，还那么努力地打扮自己，我们的心永远都不要老，我们到老也要美美的。

她说，既要让内心美，也要让外表美，美是一种追求，你追求才有。美文、美服、美景，那些你喜欢的东西，都能滋养你的心灵，让你变得更美好。

她说，衣着打扮，雅最为关键。

四

她说，看红色小花朵，在阳光下，开了一窗台，是一件美好的事。

她说，冬天的黄昏，在高压锅里蒸几个红薯，听高压锅噗噗噗地响，闻到满室的甜香味，是美好的事。

她说，每天找点时间，喝喝茶，听听音乐，读一首小诗，是美好的事，人生没有那么多事需要忙，没有那么多的路需要赶，每天找一个放松的时间，给自己一份期许。

她说，有时阳光正好，坐在落地窗前，看对面的山，看头顶的天空，听鸟鸣，那种感觉，就像是一次小小的旅行。

五

他说，每天早上，到巷口买一个同样口味的烧饼，趁热吃了，吃的时候，感觉有着小小的幸福感。

他说，袁中郎说过："人情必有所寄，然后能乐。"人生要有乐趣，没有一点乐趣，这样的人生还有什么意思。

他说，人到这世间走一趟不容易，遇到美好的事物不要错过。

我喜欢

我喜欢在落雨的夜，坐在窗前听雨敲打窗外护栏的声音，"叮""叮"，外面的车，"唰"地一声轧过地面，和着雨水的声音，那时，一卷在握，心里很静很静。

我喜欢飘雪的时候，站在窗前看雪花，漫天飞舞的雪花，一片一片，忽左忽右，伸出手，接住一片，雪花瞬间在掌心融化，雪花打湿了树梢，打湿了地面，不一会儿，天地空蒙，有恍若隔世的感觉。

我喜欢在冬日阳光暖暖的午后，放一曲古琴曲，听流水潺潺，在心头抚过，时而山高水长，时而婉转低回，阳光照亮半个房间，虽然真正的春天还没有来到，却有小阳春的感觉。

我喜欢在短暂外出的时候，放上音乐，这样回来一推开门，就有满室的音乐在那里等着你，那时，你感到惊喜，你感觉那音乐就像上天送给你的礼物。是的，我把一切美好的事物，都当作上天赐予的礼物。

我喜欢买几枝百合，在清水玻璃瓶里插，这样，平凡的日子，也因有了花香而显得不一般。你在花香中行走，吃饭，看书，听音乐，喝茶，发呆，有清香陪伴，寂寞也是那么美好。

我喜欢看漫山遍野的野菊花，它们比花盆里的菊花更自由，它们吸收了天地之精华，开得更恣意，更灿烂，我喜欢闻野菊花那淡淡的香。我也喜欢把鼻子凑近松树，闻那松针上的香。我喜欢一切散发着淡淡清香的植物。

我喜欢看街上那些走姿美好的女子，她们一举手一投足，都是那么有韵致，你能从她们的走姿里，看出她们的气质与修养。她们脸上的神态也是那么美，女子，要有美好的态，朋友曾经这样说。

我喜欢把自己置身于热闹之外，任由别人热闹喧嚣，我只盛享一个人的清欢。我喜欢看朋友发的她做的丰富美味的午餐照片，然后依然只给自己做一两个简单的素菜，享受一点点微小的幸福。

我喜欢站在讲台上问，你们知道外国人认为骂人最狠的一句话是什么吗？学生们一愣，惊奇地看着我。我说，你是个无趣的人，他们认为这是骂人最狠的一句话。学生笑，我也笑。我想让他们知道，有趣，对一个人很重要。

我喜欢一切美好的东西。"美不是艺术，美是信仰，是舒畅的生活，是人的温度""美是无目的的快乐"。台湾作家蒋勋如是说。

淡淡的味道

夏日午后，晴朗的天气里，一走上校园大道，一股清香扑鼻而来，淡淡的，花香一般的味道，顿觉身心愉悦，遍寻那香的来处，却寻找不到。某日，才突然发现，那香，来自花园角上的一棵香柏树，没想到，树木竟能散发出那么好闻的味道，就像一些不起眼的人，他们身上，却散发着灵魂的香气。

夏天的街边，一位十来岁的女孩，留着学生头，穿一条素色碎花的裙，秀气的脸上，一抹明媚，她的身上，有清新的味道。

捧一本书读，读到"净几明窗，一轴画，一囊琴，一只鹤，一瓯茶，一炉香，一部法帖；小园幽径，几丛花，几群鸟，几区亭，几拳石，几池水，几片闲云"这样的文字时，心里渐渐生出恬淡的味道。

那年腊月去重庆，发现街上匆匆行走着的，多是穿大衣的男子女子，商场门口，站着高大的穿着藏蓝色呢子长大衣的保安，身相庄严，看惯了冬天裹着厚厚羽绒服的男女，觉得那个城市，有一种独特的味道。

秋天去爬山，返回时，折一根小松枝，采几枝野菊花，回家插进白瓷瓶，置于案头，写字时，看上一眼，心里顿觉清凉，那些清简素朴的东西，往往有一种禅的味道。

一位文友，在朋友圈发了一张他书桌的照片，原木桌上，一沓宣纸，两支毛笔，几个盛墨的白色碟子，一摞书，看看他的书桌，大概就知道他是怎样的人了，他的书桌，有书香的味道。

暑假里，喜欢写写毛笔字，铺开纸，蘸上淡墨抄诗经，不拘泥于什么字体，自创的小行楷，信手写来，"既见君子，云胡不喜"，落款题写：心香乙未夏书。那一刻，觉得自己好像成了诗经里的女子，身上有淡淡的古典的味道。

喜欢那些清淡的食物。白粥、南瓜粥、银耳粥、红豆薏仁粥、蒸红薯、清水煮白菜，是常做的饭菜。冬来，煮一碗白菜粥，喝着，心里也有粥一样清淡的味道。

微信上有人问，露台上种什么好？心想，栽一缸荷吧，在她那样的江南，荷是容易栽活的。试想，荷花开了，与那缸荷对坐，心里也自会有荷花飘香吧。这样的露台，有一种别样的味道。

心软时分

那天改完卷，已是晚上九点多，回家还要坐将近一小时的车，身心有些疲惫。出了校门没走几步，突然耳边飘来一首好听的歌，原来是小城新安装的大液晶屏正在播放歌曲，配着一幅幅好看的图片，巨大的屏幕前，空无一人，仿佛那歌，就是为你而播，心一下子就柔软了。提着电脑站在那里看，看了好一会儿，然后，朝坐车的地方走去。边走边听背后传来的歌声，忍不住几次回头，朝大屏幕看。那时，发现鼻息间飘来了一缕一缕的槐花香，原来槐花已经开了啊，暗喜，于是听着歌，闻着槐花香，在夜色中走，直到坐车的地方。那短短的几分钟的路程，后来，在每一次回忆起来时，都是那么美好。

五月晴朗的天气里，下楼买菜，发现楼门口的那棵龙爪槐，一簇新绿从树顶披拂下来，才望了一眼，心就软了。那是一种怎样的一种绿啊，清澈、新鲜、柔和、明亮。朝那排其他的几棵龙爪槐望去，也是同样的美，朝花园中间那棵高大的国槐望去，那满树的叶，也仿佛是被洗过一样，新鲜翠绿逼人的眼，五月的绿，真是醉人啊。

六月天的中午，去赴一个约，坐在车上，看着车窗外的风景，除了绿，还是绿，人昏沉沉。突然，一池白色睡莲从眼前掠过，池塘上波光点点，那些睡莲就安静地栖在上面，同样闪亮，那一闪而过的白，就像一缕扑面而来的风，让你，顿时清醒，原来公园里的睡莲已经开了呀，回来时，要去看看那一池睡莲。这样想时，那池白莲，便开在了心里。

被邀去参加一个毕业班的文艺晚会。一个相声，听着听着，心，突然就软了。说相声的两个学生中的一个，你竟对他是那样的不了解。他成绩平平，平时上课沉默，你完全没有想到，他说起相声来，完全像变了一个人，活泼、幽默。原来，他的身上，竟藏着一个那样有趣的灵魂。你忍不住想象，几年后，当他大学毕业，走向社会，他将是怎样的一个儒雅、美好的青年啊。那一刻，你真想让岁月重来，回到你刚刚遇到他们的时候，你想去了解他们当中的每一个人，你想除了和他们一起上课，还和他们一起唱，一起跳，你想去好好爱他们每一个人。

　　读书眼睛累了，点开一个公众号，听到一首大提琴曲。琴声低沉、凄美，那弓弓忧伤，都拉在了你的心上，一遍又一遍地听啊，那曲子里，仿佛有你的倾诉啊。这世间，总有一些音乐，猝不及防地将你打动，让你的心，顷刻柔软。

这样就好

你总是比同龄人懂事晚，不过，一旦醒悟，你就会不停地往前跑，一天，你终于发现，你并没有落后多少，在那些起步早的人，对生活已经麻木的时候，你对生活依然抱有热情，对明天依然抱有希望。你觉得，这样就好。

当你读到罗曼·罗兰的那句"大部分人在二三十岁就已经死去了，因为过了这个年龄，他们只是自己的影子，此后的余生则是在模仿自己中度过"时，你庆幸自己不是这样的人，你觉得，这样就好。

在网上买一本书，被告知缺货。一个月，两个月，一次次打开网站去看，还是没有，以为买不到了，有一天不抱希望地打开网页，竟然有了新书，惊喜，赶紧买来，拿到书的时候，发现这竟然是一套丛书中最喜欢的一本，一遍遍翻看，读着那些美好的句子，心中暗喜，终于没有错过这本书，想，其实这样就好，这本书得之不易，所以会更用心去读。

你庆幸在 30 岁之前看到了这样一句话："女人 30 岁之前的美是父母给的，30 岁之后的美是自己历练出来的。"你庆幸在 40 岁之前读到这样的文字："人会慢慢变老，但是有些人的气质会越来越好。"你知道，人生来许多东西都是要学习的，想美，并不是那么容易的事，美，要注重气质内涵修养，要靠自己修炼，美，也是对自己的一种挑战，只要修炼能达到美，这样就好。

有时你也会孤独绝望，万籁俱寂中，你想找一个人倾诉，你看遍 QQ 里的人、微信里的人，找不到一个可以倾诉的对象，那时你想，人生百味，都要自己尝尽的吧，孤独也是一种味道，享受着它，而又抵制它，这样就好。

日子平常而平淡，没有香车宝马，没有华服大餐，某日，你看到这样一句话，"我们总是渴望精彩的生活，其实，没事、心闲就是最好的时光"，那一刻，你想，其实，这样没有波澜的平静生活就好。

那天，你看到一位作者写道："心里爱过，切莫道破，如月映石，如水无波。"你想将这些话说给青春期的孩子们，告诉他们，有多爱都不说，不语最深。其实，这样就好。

第三辑　守护一颗好的心

花开如笑

岑寂的冬日，看到这个词，花开如笑，心里突然一亮，想起许多花来。

那是几树红茶花，开在冬天的院子里，幽静的青砖围墙下，欲雪的阴沉天气里，几树红茶花开了，那些猩红色的花，在墨绿色枝叶的衬托下，显得格外醒目，看见它们，心都被照亮了。

那是一树蜡梅，远远就能闻到阵阵清香，人循香而来，看到了黄蜡一样的花朵，缀在干干的枝上，站在花前嗅闻，心情舒畅，笑容绽在脸上。

那是几盆兰花，开在朋友的窗台上，幽幽的香，她是爱花人，她最喜欢的花就是兰花了，她说，清寒，得一缕清香，我幸。

那是一盆桂花，开在诗人的书桌上，诗人拉一把藤椅喝茶对着桂花，一坐半天，只为厮守其香。

而我的栀子花，此刻也在阳台上开了，它们满头洁白的花朵，就像一个个皎洁含笑的面孔。

这世上所有的花开，都是好看的，就像所有笑着的面庞都是好看的一样。

和朋友一起逛商场，商场放着好听的轻音乐，散发着淡淡的百合香。走进一家店铺，发现一位年轻的女子，正在镜前试一件白色的连衣裙，那身姿真美啊，亭亭而立，我们忍不住停下脚步，站在那里看，美女试完衣服，一转身，发现了我们，笑。她的笑，纯净美好，宛如一朵洁白的百合花。谁说我们中国人不对陌生人笑啊，那是我看到的一朵最美的笑。

想起了芸。40多岁，男人在十多年前去世了，她一个人在小区里开小饭桌，给三四十个孩子做饭，一天三顿，可想而知的忙与累。让我一天做家人的三顿饭，连做几天，我都受不了，所以，我对她很是佩服。

那天，我在等公交车时，碰见她了，她化着淡妆，穿一件红色大衣，背着双肩包，很精神，她笑着说，要去学跳舞，每个周末都去。我们正聊着，车来了，正值放学时间，满车的人，过道都站得满满的，我看着，不敢上，想，还是等下一班车吧，要不就坐出租吧。只见她毫不犹豫，几步上了车，站在车门口，回头笑着向我招手，说，快！赶紧上来啊，挤一挤就走了。我吓得直摇头。她坐车走了，她的回眸一笑，就像一朵灿烂的太阳花，让我在心里回味了半天。

人生也是一场花开的过程吧。

当我对一件事坚持不下去的时候，往往喜欢看看那个荷花定律。池塘里，第 30 天荷花全开了，那么，哪一天荷花开了池塘的一半？是第 29 天，而不是第 15 天。

一些坚持，一天一天，似乎总是看不到希望，可是，就在你坚持不下去的时候，那满池荷花忽然开放，花开如笑，于是，你也笑了。

春消息

朋友在微信上发了几张她拍的梅花照片，那些红色的小花朵，缀在铁灰色的干枝上，鲜艳生动，仿佛隔着屏幕，都能闻到那股清清的梅香。她在旁边写：送你一枝春。

此时正值寒冬腊月，我朝窗外望去，外面一片萧瑟，心想，她真幸福啊，在江南，可以这么早看到梅花绽放，梅花，给她带去了春消息。

而在我这里，带来春消息的，却是山桃花。

我这里的春天来得晚，春节过后，阳光一天比一天亮，气温一天天回升，仿佛那个繁花似锦的春天，一抬脚就到了。可是，大自然在这个时候，却好像突然静止了一样，看一天，山不见绿，树不见绿，再看一天，山还是那样，树还是那样。就在你等得不耐烦的时候，某天，你不经意间一抬头，突然发现，半山腰飘着一抹粉，呀，原来是山桃花开了。之后，呼啦啦几天时间，柳树就发芽了，杏花就开了，一个浩浩荡荡的春天，就来了。

大自然有春消息，人有吗？

朋友在网上找我聊天，说，她苦苦奋斗在写作路上，走着走着，却发现路越走越远，有时就突然没信心了。

我说，你这是百步走了九十九步啊，坚持下去，还差最后一步，千万别放弃。

朋友已经发表了很多文章，我知道，她是想有突破性的成绩。其实，何止是她，有多少人都经历过那样的阶段，眼看着春天就要来了，可还是没有春消息，那是人生最难熬的时候。

写出伟大著作《百年孤独》的马尔克斯，在写作过程中也是历经坎坷的。

马尔克斯在 20 世纪 50 年代曾流亡巴黎，当时的他，穷困潦倒，付不起房租，一日三餐，有时也没有着落。他闭关用一年半时间写出了《百年孤独》，可是，在写完这本书后，他仍不知道自己能否成功。当有朋友问起他这本书的情况时，他说："我手上所有的，要么是一本小说，要么是一公斤的废纸。"

这本书出版后，有一天早晨，马尔克斯正在布宜诺斯艾利斯的一个街角吃早餐，他看到一名女子提着购物袋，他的《百年孤独》就夹在她买的菜中间。那一刻，他才突然意识到，他写出了自己生命中最重要的作品，他成功了。

每个人在奋斗的过程中，都要经历一些暗无天日的日子，但是，只要你咬紧牙关走下去，有一天，你终会等来属于自己的春消息。

温柔心

家离单位远，每天上班要坐商务车。司机亲自卖票，大多数司机总是说一声"来，大家买票了"，就开始卖票，大家把钱递过去，司机收钱，找钱，全程默不作声。可是在这些司机中，总有那么几位，卖票时和别人不一样，你把钱递过去，他总是客气地说，"好"，他找钱给你，会说，"来，拿着"，语气温和。他给每一位递钱的人都说"好"。于是车里你会不断地听到"好""好""好"。

这声"好"里，你听到了欢喜，听到了欢迎，听到了世间人情。当你听到他说"好"时，你的心里，就像有什么东西，缓缓流过。

闲来翻看汪曾祺的散文集《一辈古人》，知道汪老有一个爱好广泛、可爱有趣的父亲。

他年轻时是个运动员，是足球队后卫、单杠选手，撑杆跳曾在全省运动会上拿过第一。他练过武术，喜欢乐器，画画得好，图章刻得好，后来又以为人医眼为职业。他的父亲手很巧，会做各种玩意。元宵节，给孩子们做美美的花灯。清明节前，糊风筝，带着孩子们放风筝，在碧绿的麦垄间奔跑呼叫。夏天，给孩子们糊养金铃子的盒子。秋天，买来拉秧的小西瓜，把瓜瓤掏空，给孩子们做西瓜灯。

他对待子女，从不疾言厉色，和儿子是"多年父子成兄弟"。汪老受到父亲的影响，和儿子的关系也很好，比如，他对儿子的几次恋爱都是闻而不问，了解，但不干涉，他相信儿子的选择、儿子的决定。

周梦蝶一生看似清冷孤独，其实他也有一颗温柔心。

周梦蝶的研究者曾进丰先生写道："周梦蝶深具植物性格，认定'一次就是永远'，每个'现在'都是永恒。相信婆娑世界，芸芸众生，任何一个人、一件事的发生，都有其因缘，而生命中的每一次因缘交会，都值得珍惜。因此，凡有人邀约见面，对他来说就属'大事'，一定早早到达约会地点。如果是文友来访，只要先前敲定时间，他总是梳洗盛装，端坐以待之，甚而有时还会伫立在六楼电梯口迎接，然后若无其事地领你入屋，访客浑不知诗人已等待多久。"

　　和朋友一块去吃饭。服务员上菜时，不小心把朋友座位上的包倒上了汤汁，浅色的包立刻挂了彩，我看着好心疼，那是朋友刚买的包，朋友很喜欢。服务员吓得愣在那里，半天才反应过来，连声说："对不起，对不起，是我刚才不小心……"只见朋友平静地说，没事，你去忙你的吧。服务员走了，朋友拿纸巾擦拭着包，我问朋友，你的包被弄成了这样，你不心疼吗？朋友说，心疼啊，可是，你看那个服务员，一看就是刚来的，或许他找到这份工作不容易，如果你和他吵，惊动了他的领导，他一定会被开除的，遇到这种事，以后他肯定会小心的，我的包，拿到店里保养一下就行了。

　　多年后终于明白，温柔不是一种性格，而是一种慈悲、一种修行。

看花的心

朋友发来一张照片，她穿浅灰色柔纱连衣裙，怀抱一大束一年蓬，眼睛看着怀中的花，笑靥如花。

照片是她爬山时照的，淡紫色的一年蓬，在阳光下闪着光，隔着屏幕仿佛都能闻见花的香。那束花真美啊，本来就美的朋友，怀抱花束，显得更美了。

眼睛盯着那张照片看，再也挪不开，想象着怀抱一束花，有淡淡的花香萦怀，那实在是一件美好的事。于是，也想在怀里抱一束花，春抱一束杏花，夏抱一束荷花，秋抱一束桂花，冬抱一束蜡梅花。

喜欢看那些写花的文字。

关注的一位作者，是一个爱花之人，他住的地方后面有一座山，每天他都要去山上走一走，他说，山上花香满径，闻闻野花的香，一天心情都是好的。一次下山，路过一条小河，河边有一棵老杏树，杏花正飘落，缤纷的花瓣落在水上，随水流走，他坐在河边看了半天。

想象他坐在河边，静静看花的样子，真美。

黄永玉对沈从文说："三月间杏花开了，下点毛毛雨，白天晚上，远近都是杜鹃叫，哪儿都不想去了……我总想邀一些好朋友远远地来看杏花，听杜鹃叫。有点小题大做……"沈从文躺在竹椅上，闭着眼睛说："懂得的就值得！"

苏轼喜欢海棠，黄州的那一株海棠，是他心头的一抹亮色，"只恐夜深花睡去，故烧高烛照红妆""卧闻海棠花，泥污燕支雪"，有欣喜，有悲凉。

朋友喜欢拍些路边的野花野草。

淡粉色的打碗碗花，黄色的苦菜花，白色的曼陀罗，紫色的晚饭花，那些看似卑微寻常的植物，在她的镜头下，竟然那么生动有意境，让看的人似乎瞬间也爱上了那些普通的花。

她也喜欢瓶插，书案上摆着一个花瓶，里面常年插着"花"，几枝山桃花，一枝野蔷薇，一把野菊花，一根小松枝，几根山茱萸，甚至是随手捡来的一根枯枝，都被她插得别有一番风致。

她说，野花之所以美，是因为有野气，那些令人愉悦的美，就在最普通不过的脚下。

再读苏轼的《记承天寺夜游》，看到"何夜无月？何处无竹柏？但少闲人如吾两人者耳"这几句时，也想起了一句：何处无花，只是许多人少了一颗看花的心而已。

放松

我喜欢读那种笔调轻松的文字，它们看起来就像是在跟你聊天，一点也不费力，句句都说到你的心上，读这样的文章是一种享受，汪曾祺的文章就是这样的。

有人说写作是痛苦的事，汪曾祺说，怎么会，喝了二两酒，吃点茴香豆，开始写，写作是享受的。看，汪老把写文章看得多轻松。

阿城说，汪曾祺常常将俗物写得很精彩，比如咸菜、萝卜、马铃薯。写好这些，靠的是好性情。

一个只有活得轻松的人，才会有趣，才会有好性情的吧。

朋友收拾完头发回来心情不好，她说，好不容易遇到一个满意的发型师，又走了，这次的新发型师给她弄的头发，她很不喜欢，才几个月不去，怎么又走了呢，每次去都找不着原来的发型师了，他们怎么换得那么快啊，朋友很伤心。

想起前段时间看的一篇文章，作者说，他去理发的时候，理发小哥告诉他，他不想理发了，想去送快递，快递能挣钱。

这个时代究竟怎么了？那么多的人不安心于自己的工作，不停地换，干着一种工作，心里却想着另一种工作。

蒋勋有一次在一个访谈中说，北京人、上海人的眼神里有让他恐慌的东西，那就是焦虑和不安。

其实，何止是北京、上海，我们这个时代好像集体患上了焦虑症。

只怕落后，只怕跟不上时代，只怕错过了机会。焦虑孩子，焦虑工作，各种焦虑。

最近，读了海桑的一首诗，《连枯枝败叶都是好的》。其中有几句是：

小羊咩咩 / 从不因为有狼的嚎叫 / 而减少对青草的热爱 / 小猪在稀泥里打滚 / 也不为讨人欢心 / 而改变自己的模样 / 鱼儿不羡慕兔子在岸上蹦跳 / 它只是喜欢水 / 大象也不想学鸟儿飞到树上 / 它有长长的鼻子 / 够得到天堂的树叶 / 它们自由自在 / 只按照自己的方式存在……

默默念着这几句诗，心底像有一股清流缓缓流过。

是的，做你自己就好，无须去看别人过得怎么样，人生就是一场自我完成，别人的成功与你无关，你看，连枯枝败叶都是好的，还有什么可焦虑的呢？

放轻松，静下心来想一想，自己到底适合过怎样的生活，按照自己的方式去生活，不对比，不追慕，有定力，活出自己本来的样子来。

放轻松了，生活才会有美感。放轻松了，才能得自在。放轻松了，才能快乐起来。

姿态

看纪录片《苏东坡》。

苏东坡经历乌台诗案，被贬黄州。他去沙湖买田的半途，突遇天降大雨，人们惊呼着躲避，只有苏东坡没有闪躲，没过多久，雨停了，他在林中穿行，吟出一首《定风波》：

莫听穿林打叶声，何妨吟啸且徐行。竹杖芒鞋轻胜马，谁怕？一蓑烟雨任平生。

料峭春风吹酒醒，微冷，山头斜照却相迎。回首向来萧瑟处，归去，也无风雨也无晴。

"也无风雨也无晴"，这是他之后人生的心灵写照。黄州、惠州、儋州，在遭遇数次被贬后，苏东坡一路走来，他终于修炼出了人生的豁达与从容。

最后一个镜头，他的儿子小坡在墙壁作画，有当年苏东坡的影子。

几集看完，泪湿眼眶。

那种清雅的生活情趣，那乐观、丰富、有趣的生命，它触动了心底的那根弦。

哪怕成为一介农夫，也要成为陶渊明那样的农夫。在田间劳作，他让家童唱自己改编的陶渊明的《归去来兮辞》，轻敲牛角打节拍，那一刻他就是陶渊明。

不管怎样穷苦也要读书、写字，也要赏月、抚琴、观花、种竹、研究美食。没有书读就抄书。

既融入红尘，又有一种超拔于红尘之上的精神之美，他给后世人呈现了一种宋代文人的美好姿态。

喜欢蒋勋先生的文章，那种娓娓道来的叙述，似春风化雨，温润圆融。

媒体人、作家老愚谈到他和蒋勋见面的情形：

"他一出现，便带来一股久违了的雅士之风。潇洒、亲切、谦和，举手投足间风情万种，令同桌男女无不如沐春风。

"他会专心倾听每一个人的谈话，不时微笑、颔首，这样，每一个人都很愉快，宾主其乐融融，只觉时间太短。临别，他拿出为每个人准备的自己的著作，当场签上名字。

"他边吃饭边接受记者采访。他吃得清淡，饮黄酒时双手捧杯，端详着敬酒者，这轻柔的停顿中满含情意。"

整个一谦谦君子的形象，读了这些文字，明白了蒋勋为什么会写出那样的文章，他的做人与做文章达到了高度的一致，圆融圆满。

有时，越是那些高尚的灵魂，越是把自己放得更低，这样反而能显示出高贵的姿态。

简约出风格

读张宗子的《往书记》，他写："读一些当今名家之作，遇到有些比较好的，手头痒痒，恨不得亲自操刀，替他弄个简本、节本，风格顿时就出来了。"

不禁莞尔。想起梁实秋讲过的一个故事。

梁实秋在清华读书时，遇到一位国文老师徐锦澄先生，徐先生最独到的地方是改作文，他最擅长的是用大墨杠子大勾大抹，一行一行地抹，整页整页地勾，一篇千余字的文章，经他勾抹之后，所余无几，梁实秋初次经此打击，很灰心，老师给他解释道："你的原文是软趴趴的，冗长，懒啦光唧的，我给你勾掉一大半，你再读读看，原来的意思并没有失，但是笔笔都立起来了，虎虎有生气了。"他再读老师修改过的文章，果然剩下的全是筋骨，有了一种硬朗挺拔之气。

一篇冗长的文章，把多余的枝枝叶叶砍掉，脉络就清晰了，就有了筋骨，就立起来了，这就像那些冬天落光叶子的树，有了一种风骨。

多年前，当我家还住在几间旧砖瓦房时，村里很多人家已经住上了两层小楼，我家的房子在村子里不算好，来我家的人，却总夸我家收拾得好。

后来我想，可能是因为我家没有过多的杂物吧。那些没用的东西，都被清理掉了，一些有用的小物件，能收的，也都收起来了，不露在外面。茶几上、桌子上、窗台上，都不乱堆东西，家里常打扫得干净，东西摆放整齐。这样，我家虽然没有几件像样的家具，却显得简简单单，干干净净，整整齐齐。

还有，我家树多，门前有一小片竹林，屋后有一片柏树林，两边还有其他花草树木，在这些花木的掩映下，我家看起来有了一种清雅之气，看了让人觉得舒服。

穿衣也是如此。

几年前的一位朋友，她有很多衣服。

各种风格的衣服，塞了一柜子。她今天穿了一件好看的风衣，隔天，却穿了一件失去光彩的十年前的旧夹克。她虽然衣服换得勤，那些美的衣服，却让人印象模糊。在想，如果她能把一些衣服淘汰掉，把最能凸显自己美的衣服留下来，或职业，或柔美，依她那样的好身材，肯定会更美丽、更优雅。

当荒芜繁杂时，清理掉那些多余的东西，就可以出精神、出风格。

一杯下午茶

朋友说她每天都要喝下午茶。

她不喝咖啡，就喝茶。有时绿茶，有时红茶，有时白茶。配点心、坚果之类，不用特意准备，家里有什么，就配什么。一个人坐在那里，一杯接一杯，直到喝透了，鼻口清新，再开始做晚饭。

朋友说，一天忙忙碌碌，就这点下午茶最让人盼望和放松了。

朋友的话，让我想起日本女作家新井一二三的一篇文章，《午后四时的啤酒》。

文中讲，当年她在加拿大生活，有个日裔太太跟她在同一家公司上班，那位太太，每天下午四点，比其他人早下班回家，丈夫还没回来之前，先一个人坐在客厅沙发，边看外边美丽的风景，边喝啤酒。她说："很快就要开始做晚饭什么的，我自个先坐的时间并不长。但是，我活着，就是为了那一刻。"

"活着，就是为了那一刻"，这句话真好。每天都给自己一份期许，每天都有盼头，多好啊，一个人的啤酒时刻，就这一点点的快乐，就可以给一天带来抚慰。

一位朋友，说她每天晚上都要在八九点钟，把灯熄灭一会儿。半明半暗中听音乐，句句入心，站在落地窗前，看外面远处马路上的灯河，璀璨极了，那是夜晚才有的风景。她说，熄了灯，心一下就静下来了，放松下来了，每晚中间的一次熄灯，能让她的身心得到很大的缓解。

远方的文友，每年要出去旅游一次，就一个人。

不去野外，她说一个人去野外危险。她去城市，大城市小城市都行。一个人在那个城市住上几天，看看陌生城市的花，逛逛陌生城市的街，品品陌生城市的美食，晒晒陌生城市的太阳，听听陌生城市的雨。

她一个人去过厦门，去过苏州，去过平遥古城。她说，在一个地方待的时间久了，会觉得烦闷，单独旅行，让她离开平时的生活，平时的自己，去过另外一种生活，几天下来，再回到原来的地方，就又热爱生活了。

想起周梦蝶的诗："人有倦行的时候，就像蝴蝶有倦飞的时候。"

每个人都需要心灵放松的时刻，一杯下午茶的滋润，一次熄灯后的养神，一次一个人的旅行，都可以给逼仄紧密的生活，一些开阔，一些疏朗，让不知不觉坚硬起来的心，再渐渐返回原本的柔软，慈悲，欢喜。

审美力

小时候受经济条件和环境的影响，心里对美是没有什么概念的。

直到上师范时，有一次，我戴了一对蓝底白波点的套袖，班上的一位女生夸我的套袖漂亮，她来自县城，是一个聪慧爱美的女生，那时，我才意识到，原来小小的套袖，也是要讲究美的。从那以后，我在买小东西的时候，就格外注意起来，要挑选最美的，那些看着不美的东西，我是不会把它们买回来的。

大学进修时，我们没钱，经常穿几十块钱的衣服。那时，隔一段时间就会有一位卖衣服的阿婆来我们学校卖衣服，她去每个宿舍卖，每件衣服30元。30元的衣服，在当时来说，也是特别便宜了。可是同学雅，总能从这30元的衣服中挑出好看的衣服。她买的西装，穿起来很时尚，买的衬衫、背带裙，能穿出一种清纯的感觉来。她的审美好，真是让人啧啧称赞又自愧不如。

后来的这些年，在人生的各个阶段见到她，她都是美美的，她一美，就美了几十年。

审美力好的人，你给他一个破屋子，他也可以在有限的条件下，将屋子收拾得美起来。他会想办法将墙壁刷白，将地板洗净，或者铺上地板革，绝不会任污垢和破烂露在外面，他会给斑驳的桌子铺上桌布，给窗户挂上白色的纱帘，甚至给桌子上放一瓶花，把家里收拾得清清爽爽。

怎样才能提高生活的质量，美的欣赏是当务之急，李霖灿先生在《读画四十年》中如是说。不仅仅是生活质量，在物质越来越丰富的今天，怎样才能获得更多的快乐？也可以说，美的欣赏，是当务之急。

素朴之美

我所住的地方是一片校区，这片校区，是一片灰色的建筑群。

深灰色的屋顶，浅灰色的外墙，看起来有一种宁静之美。清晨起床，朝东边望去，晨色熹微中，那些灰色屋顶，在阳光下闪闪发光，有一种洁净诗意之美。特别是在雨后，白色雾气缭绕在不远处绿色的山顶，空气中水汽充足，天光淡淡，那种淡雅之美，有一种身在江南的感觉，有一种米家云烟之意。

我经常站在楼前看那片校区，看的时候，心里会生出一种感激，感激设计那些建筑的人。那些建筑的颜色，和周围的环境太相配了，淡雅古朴的建筑色，任何时候望出去，视觉上都是舒服的，都是一种享受。

中国人自古以来都是崇尚素朴的。

古人的书法与篆刻，讲究古拙。古人的辞章，追求天然去雕饰。六朝的赋写得旖旎，却被很多人所不齿，认为那不是最美的文章。

司空图的《二十四诗品》里的冲淡、高古、典雅、清奇，都是讲素朴的。王世襄的明式家具十六品，简练、淳朴、厚拙、凝重、雄伟、圆浑、沉穆、浓华、文绮、妍秀、劲挺、柔婉、空灵、玲珑、典雅、清新，都是以素朴为底色的。

看宋元文人画，淡淡的笔墨，几痕远山，一湾瘦水，几棵枯树，一座小亭，一座园林就勾画出来了，那些笔墨下的园林，古朴，安静，它们就是人们心中的精神的家园。

以前看一个鉴宝节目，对于不懂文物的我来说，赝品的瓷器和真品的区别，就在于真品的古朴，赝品往往都太艳丽了，那种朴，仿制者一是没有技术，更重要的是，心里没有那种审美。

看戏曲的时候也会发现，丫鬟们总是穿得花哨，而大家小姐却总是穿得素雅，看起来却更美。就像那些王妃，结婚前，什么都穿，走进王室，衣服简单了，恬静了，指甲也只能染成淡色，于是就端庄起来，优雅起来，看上去，比以前的自由穿着有品位，高级了许多。

一位前辈说，他刚开始写文章时，总喜欢用那些华丽的词，后来，他不再这样，他说，那些质朴的文字才是好文字。

为什么素朴的东西美呢？

因为素朴的东西，让人觉得宁静，因宁静，而心生美好。

无事静坐

朋友去南方旅游，发来一张照片：咖啡、书、桌上阳光的影子。

她说，她正在晒太阳、喝咖啡、读书。

我问她，今天怎么没出去走？她说，旅游对她来说，就是换个地方读书喝咖啡，不一定要看那么多的景，静静地坐下来，让身心得到放松，才是最重要的。

我笑。我很欣赏她的这种做法，其实，我也是她这样的人，旅游的时候，更喜欢的是坐下来，好好休息一下。何必那么忙。

想起汪曾祺的那篇文章《无事此静坐》。

文中说，他的外祖父家的房屋都收拾得很清爽，窗明几净。外祖父家有几间空房，檐外有几棵梧桐，室内有木榻、漆桌、藤椅，这是外祖父待客的地方，这几间房子是朝北的，南墙挂着一条横幅，写着五个正楷大字：无事此静坐。外祖父很少到这里来。倒是他经常拿了一本闲书，静静走进去，坐下来一看半天。

后来他也养成了静坐的习惯："我天天早上泡一杯茶，点一支烟，坐在沙发里，坐一个多小时。虽是端然坐，然而浮想联翩。一些故人往事、一些声音、一些颜色、一些语言、一些细节，会逐渐在我的眼前清楚起来、生动起来。这样连续坐几个早晨，想得成熟了，就能落笔写出一点东西。我的一些小说散文，常得之于清晨静坐之中。"

能想得出汪老静坐时候的样子，他的文章读起来有一种恬淡宁静之美，这与他喜欢静的性情是分不开的。

看倪云林的《江亭山色图》。远山、古树、亭子，一派荒天迥地的感觉，那么幽寂，让你很想到那个亭子里去坐一坐。

看马麟的《静听松风图》，也有这种感觉。那位老者，坐于一棵大松树下，衣带轻缓，微闭着双眼，在聆听风吹过松树的声音，是那样陶醉与享受。羡慕他那种闲雅的心态，也很想到那棵大松树下静坐片刻，听松声萧萧，若有似无，抚过人的大脑，那一刻的寂静清凉啊。

王维有诗："坐看苍苔色，欲上人衣来""行到水穷处，坐看云起时。"杨万里的诗："虫声窗外月，书册夜深灯。"黄庭坚亦有诗云："清坐使人无俗气，闲来当暑起清风。"

静坐，可以使人静下心来，荡去身上的浮气与俗气，照见自己，从而使人生出一种清气、静气，古人深知静坐的好，他们总能从静坐中受益。

然，如今的人，欲望太多，脚步总是太匆忙，少了古人的那种静气。喜欢跑，喜欢快，喜欢高效率，生怕落后，生怕慢了，生怕少了。这样跑着跑着，有时就跑偏了，不知道自己究竟为何去跑。那就不如静静地坐下来，好好想想吧。

停下来，静坐一会儿，坐着坐着，心里就明亮了。坐着坐着，心里就清凉了。坐着坐着，心里就开阔了。

清气

为了照顾孩子上学，在孩子学校旁边租了一套房。

房子挺大，可是走进去，却不免让人皱眉头。门口的羊毛垫子两三个，高的矮的鞋柜鞋架子两三个，掉了油漆的旧柜子、旧桌子、烂搪瓷盆、塑料桶三四个，木椅子四五把，分别摆在卫生间、客厅和卧室。客厅沙发旁，是高高支起的空金鱼缸。茶几、餐桌、橱柜、衣柜等所有像样一点的家具上，都盖着塑料膜、塑料板、海绵垫子等，用来保护家具。

房东是一对老人，勤俭节约惯了，多年来的旧物都舍不得扔，家具新旧交错，杂物太多。

面对这样杂乱的房间，只有大动干戈了。换上家居服，戴上口罩开始整理，首先想到的是清减。

把多余的东西全部搬到一个不住的卧室，码起来，用一大块布盖起来。把搬不动的破桌子、旧柜子、旧电视，统统用桌布盖上。把新家具上盖的东西统统都揭掉，让它们露出家具本来的样子。

买来几盆绿萝摆在鞋柜上。买来几枝百合插在玻璃瓶里，摆在餐桌上。卧室铺上从家里拿来的一块小地毯，上面放一块蒲团。床头柜上放上书。

收拾完毕，站在房子中间打量，发现这竟然是个很不错的房子。这个房子有了清气。

喜欢那些脸上有清气的人。

在街上走，喜欢看人，特别是那些美好的女子。她们走姿优雅，穿着时尚，妆容讲究，从指甲、衣饰到包包到鞋，都精致。可是，在众多女子中，我最欣赏的，是那些脸上有清气的女子。

她们化着淡淡的妆，衣饰简单素雅，指甲上没有过多的华彩，身上没有突兀的香水味，给人一种清雅的感觉，甚至有的上了年纪，身上依然散发着少女的气息，眼神看起来依然清澈，面庞依然纯真安静，她们的脸让人看了，觉得岁月静好。

在众多的面孔中，你总能很快识别出那些读书人，因为他们脸上有书卷气。杨绛读了一辈子的书，写了一辈子的文章，到百岁依然好看。演员陈道明喜欢读书，脸上也有书卷气。

清者，少也。只有删繁就简，才有清气。清者，静守孤独也。只有不慕热闹，守得住内心的清静，脸上才会有清气。在清雅的环境中，浸润的时间长了，身上自会有清气。书读得时间长了，脸上自会有清气。

自救

读《石涛诗文集》。康熙二十六年十月，石涛为他的朋友次翁作了一幅扇面《衡山图》。他在上面题跋：客广陵十月，无山水可寻，出入无路，如堕井底。向次翁、东老二三知己求救。公以扇出示之，曰：和尚须自救。

"和尚须自救"，看到这几个字时，心里一抖。刚读过石涛的生平事迹，知道石涛一生都过得很苦，觉得朋友这样回他，真是有些残忍。可是，合上书后一细想，又觉得这个回答很好。自救，是的，必须得这样，这世上的许多事，能救自己的，只有自己。

想起前一阵看到的一个故事。

王老师是一位名师，一年前他遇到了不公平的事，患上了抑郁症，晚上整晚睡不着觉，精神很差，他去医院，医生给他开了治抑郁的药，可是吃了还是不管用。他对自己的状态感到无能为力。一天他突然觉悟，抑郁归根到底不就是恐惧吗？害怕种种不好的事发生。从那以后，他每天对自己默默地说，我完全可以战胜所有的恐惧。尽管一开始还是睡不着，可是慢慢地就好一些了，慢慢地就能睡着了。一年后，他看开了，他又恢复了往日的精气神。

朋友的文章写得越来越好。她说，当你写着，不断有发表的消息时，你就有了动力，这样，用自己的成绩激励自己，比别人的话激励你，起的作用大多了。

用自己的成绩激励自己，用小成绩激励中等成绩，用中等成绩激励大成绩，一点一点超越自己。这就是有些人，一生做出了本来看似不可能做出的成绩的原因，他们在一次次的小小的成绩中，获得了信心，这个信心给了他们获取更大成绩的力量。

读张岱的《琅嬛文集》。张岱说，"余解四书五经，未尝敢以注疏讲章先立成见，必正襟危坐，将白文朗诵数十余过，其意义忽然有省"。

一段不明了的文字，读着读着，意思突然就明白了，不得不说，这是听起来很神奇的事情，我也如此效法过，一些古文确实在读过数遍之后得以突破。

"忽然有省。"这是一遍又一遍的阅读与思考之后，突然的顿悟。就像你练功，练着练着，突然气脉打通了，有了功力了。

这就像庄子说的："思之思之，神鬼通之。"人自身的潜力真是无比巨大的，有时你根本就不了解自己。

每个人都具有自我修复和自我完善的能力，相信自己，你可以超越一切的苦难。

别样的妩媚

家对面有座山，我很喜欢看那座山，每天都要看上数回。

每每看到如痴如醉时，就会想起辛稼轩的句子："我见青山多妩媚，青山见我应如是。"这两句，初读时，心里一惊，真是好句子啊，妩媚，不只是好看，不只是青翠，还有了一种情感。山就像人一样，甚至，像女子一样温柔。

唐太宗有一次将"妩媚"也用得很惊艳："人言魏徵倔强，朕视之更觉妩媚耳。"

妩媚本是一个阴性的词，用在这里就是告诉你，魏徵不只有你们眼中刚直的一面，他更有柔软的一面。

这两处的"妩媚"都用得很大胆、很美妙。

古人用词向来大胆，很多词仿佛信手拈来，意思却是恰到好处，读之令人叹服。这一点我们今人就不如，用词畏首畏尾，用的词基本都是古人用过的。有时创一个新词，读着又是那么别扭，不像那么回事。

古人的书，没有今天的多，他们却最懂中国字义，这真是让人没有办法的事。

妩媚，用在女人身上，那种阴柔之美，很好理解，可若用在男人身上，除了魏徵，还有谁可当?

辛稼轩当然是可以的。不是说一个人心里有什么，眼里才会看到什么吗? 辛稼轩心里有妩媚，他的眼里才能见得青山妩媚。

"醉里挑灯看剑""沙场秋点兵"的辛稼轩，也有其婉约的一面:

"东风夜放花千树。更吹落、星如雨……笑语盈盈暗香去。众里寻他千百度。蓦然回首，那人却在，灯火阑珊处。"这首词，少年时一见就喜欢，文字真是优美啊，读起来，让人内心柔软，口齿留香。

这正是辛稼轩别样的妩媚处。

苏东坡当然也是妩媚中的一个。《记承天寺夜游》：

元丰六年十月十二日夜，解衣欲睡，月色入户，欣然起行。念无与为乐者，遂至承天寺寻张怀民。怀民亦未寝，相与步于中庭……

月色入户，睡不着，寻一人相伴，走，赏月去。不妩媚的人，哪有如此兴致？

张岱也是妩媚的。

"崇祯五年十二月，余住西湖。大雪三日，湖中人鸟声俱绝。是日更定矣，余拏一小舟，拥毳衣炉火，独往湖心亭看雪……"

张岱的妩媚和苏东坡的妩媚，是相似的妩媚。他们都有一颗悠闲的心，都有一份雅趣。

他到亭上，见已经有两个人在那里了：

有两人铺毡对坐，一童子烧酒炉正沸。见余，大喜曰："湖中焉得更有此人！"拉余同饮。余强饮三大白而别。问其姓氏，是金陵人，客此。及下船，舟子喃喃曰："莫说相公痴，更有痴似相公者！"

那位相公，给人留的印象深刻，他也是妩媚之人。

每次看到这一句："莫说相公痴，更有痴似相公者！"总是想起贾宝玉。这种口吻和《红楼梦》真是太像了。贾宝玉毫无疑问也是妩媚的。

那天，路上见一平时极为严肃的熟人，正怀抱一束鲜花从对面走来，见了我们，不好意思地笑，说，过节，家里人嚷着要花呢。说完，他朝花看了一眼，他那一低头的温柔，让我想到了"妩媚"这个词。

或许每个人都有妩媚的时候吧，温柔而明亮。妩媚好，红尘俗世中，哪有那么多的刚强，多一些妩媚，就多一些温柔，多一些情趣，多一些生命的亮色。

失而复得

一篇很满意的文，投出去半年时间，没有消息，以为是自己写得不好，于是有时间就拿出来改改，改着改着，就改得面目全非，不成文章了，最后，干脆一键删除。某日，发现某杂志的目录上，赫然印着那篇文章的题目，后面是自己的名字，大喜。于是赶紧翻邮箱，找到了那篇文章，再读，发现竟比以前读时的感觉还要好，于是欢喜存档。

在网上买一本书，被告知缺货。一个月，两个月，一次次打开网站去看，还是没有，以为买不到了，心里有些失落，结果有一天不抱希望地打开网页，竟然有了新书，惊喜，赶紧下单，三天后，拿到书的时候，发现这竟然是一套书中最喜欢的一本，一遍遍翻看，读着那些美好的句子，心中暗喜，想，总算没有错过，这本书得之不易，所以要更加用心地去读。

在商场遇见一套居家服，试了一下，挺喜欢，最后觉得天鹅绒的材质有点厚，穿的时间不长，没买。回家后越想越后悔，想，那淡雅的粉，那衣襟上的一圈奶油色的蕾丝花边，衬得人多优雅啊，穿上那衣，心情应该不一样吧。穿上那衣，要是坐在蒲团上写字，心情应该是美美的吧。各种后悔。于是，第二天再奔赴商场，远远看见那衣还挂在门口，心才放下。假装漫不经心走进店里，漫不经心地问价，最后，终于将那套衣拎在了手上，出了门，怎么感觉比一次看好买下还要让人喜悦。

孩子的学校要搬到新校区。新校区在城郊，生活不方便，不太想搬，可是，没办法，必须搬。搬家慌乱中，顺手把一个小包塞在了一个袋子里。到新家后，这个包找不着了。包里有刚取的现金，各种卡，找了好几遍都找不到，想，肯定是丢了，加之搬家的身累、心累，一下子就崩溃了，眼泪竟不争气地哗哗流了下来。心里恶狠狠地想，这个地方就是不好。眼泪流完，继续整理衣物，在一个装衣服的大包里，一手摸出了装小包的袋子，顿喜。待把衣物收拾好，地板擦干净，倒一杯茶，悠闲地坐在阳台上，看落地窗外的风景，发现楼外视野格外开阔，对面山上树木葱茏，发现郊外原来这么好，这个地方真不错。

买了一件风衣不是很喜欢，某日穿出去，不小心弄脏了，以为污渍再也洗不掉了，最后竟然洗得很干净，再穿那件衣，却是越穿越喜欢。

生了一场小病，痊愈后，觉得不生病的时候，是那么好。买了没几天的心爱的玻璃杯，掉到地上了，捡起来，竟然没有碎，感到真幸运。

失而复得的感觉真好，失去一次，才让你看清自己究竟喜欢什么，才让你懂得要倍加珍惜。失而复得，是幸运的。然而，生活不总是那么幸运，很多时候，失去便不会再得到，你也只能学会放下，劝慰自己，有得必有失，得与失，皆是缘分。

一即一切

朋友是位时尚女子，内外兼修，工作生活都追求完美。

前阵子她信誓旦旦地说要健身，于是报了瑜伽班，请了游泳教练，办了羽毛球卡，什么时候练瑜伽，什么时候游泳，什么时候打羽毛球，听起来时间安排得很是合理。

结果没坚持两周，就不耐烦了，因为计划太完美太苛刻，这项本来让她放松的计划却成了她的压力。

朋友的计划落空，让我想起了电视上曾看过的一个年轻人减肥的经历。

他在京城一所很好的大学上学，可是身体很胖，属于那种重度肥胖，已经影响到了他的健康，他必须减肥。除了控制饮食外，他每天就在客厅的一个小垫子上原地小步跑，看电视的时候边跑边看，一有空就在那个垫子上跑，只做这一项运动，一年坚持下来，竟成了瘦子。

一位朋友则爱上了画画。

她喜欢画花，一把画笔，散在桌子上，她坐在桌前快乐得像个小姑娘，她说她小时候就喜欢画画，可是蜡笔贵，买不起。看到自己孩子上小学时有那么多水彩笔，她羡慕极了。现在孩子大了，不用她每天辅导家庭作业了，空了可以坐桌前画一会儿画，有时有灵感，一口气能画好几幅呢，就特别过瘾。

她从网上买了教人画画的书，她说她现在40岁，坚持画十年估计就不错了，她给自己制订了五年计划，十年计划。我仿佛看见十年后的她，在人群中，笑靥如花。

一位同学喜欢读书，每天都读，一周至少一本，有时多则两三本。

她说每天除了工作、做家务、运动的时间之外，她把琐碎时间基本上都用来看书了，她很少看电视剧，当然也很少上微信。随着阅读量的增加，她也有了写的欲望，这两年她开始了写作，文章发向全国各地。

多年未见，如今见到她，发现当年上学时并不出众的她，气质优雅，谈吐充满自信，整个人闪闪发光。

我们已经来到了这样一个时代，物质世界太过丰富，我们都想过精致的生活，我们都想变得更好，可是，我们面临的选择太多，有时我们什么都想要，结果反而什么也没有得到，所以，多不如少，不如只选一项，长期坚持下去，说不定会有奇迹发生，说不定这个"一"会支撑起你整个的人生。

有时候，一即一切。

守护一颗好的心

看一位作家的公众号，她说，这些年经历了许多事，可谓颠沛流离，可是，好的是，我一直保护了一颗好的心，这是值得我感激的事。

"保护了一颗好的心"，眼睛在这几个字上停留。是的，生活多艰，风雨兼程，可是，不受外界打扰，依然保有一颗纯真细腻的心，这是何等的难能可贵，这真是让人欣慰的事。

林清玄喜欢兰花，有一次，他到山上去逛一个兰花园，园主给他介绍了几种有香气的兰花，他仔细嗅闻，却是什么香气也闻不到，园主笑着说，心静下来，就闻到香气了。

他听了这话，"收回鼻子，收摄心神"，果然闻到了空气中的香味。

只有静下来，才能闻到香气。好的心，应该是一颗安静的心啊。有人说，内心的宁静，才是最大的幸福。说这话的人，可谓参透了"幸福"二字。

南怀瑾讲过一个他小时候拜师学武功的故事。

一位道士有着很高超的剑法，他去拜访他，道士接待了他，但是没有收他为徒，却给他讲了一段话：

"我看你前途很辛苦，责任很大，心脏只有这样大，装不了多少东西的，什么事情不要装进来，痛苦也好，烦恼也好，得意也罢，都不要向心里头装。痛苦、烦恼、得意，这些东西统统丢出去，都丢出去，什么都不要装进来，统统丢掉，你就前途无量，后福无穷！"

我想，南怀瑾一定是听进去了。

什么都不要往心里去，这种境界，可不是一般人就能达到的。但是听了这句话，一般人或许可以在痛苦噬心的时候，幡然醒悟，拿出盾牌，将那万箭挡回，不让他穿心而过，不在痛苦中过分沉溺。

大学课堂上，温文尔雅的哲学老师微笑着讲六祖慧能和神秀的故事。

为了继承五祖的衣钵，神秀写了偈："身是菩提树，心如明镜台，时时勤拂拭，莫使惹尘埃。"听了这个偈，大字不识一个的，在磨坊里忙活的慧能对曰："菩提本无树，明镜亦非台，本来无一物，何处惹尘埃。"慧能真是高啊。

老师笑，我们笑，那是我第一次听这个故事。

多年过去，这个故事后来又听闻过多次，可是至今依然参不透慧能的"本来无一物，何处惹尘埃"。终于沮丧地明白，对于我们这样平凡的人，只能勤勤恳恳地做到"时时勤拂拭，莫使惹尘埃"。

莫让那颗心染了尘埃啊，我们需时时警惕察看，我们是否还保持着一颗好的心。

岁月里，如果有一天，你说，还好，我还保有一颗好的心。那么恭喜你，因为人生说到底，都在于一颗心。

心美好，则一切美好。心殊胜，则一切殊胜。

第四辑　你的花会开在你想要开的枝头

谁的成长不需要沉默无声的等待

亲戚家的孩子上初中时，一直是个中等生，在普通中学的普通班里，考着普通的成绩，不是特别差，但是不优秀，是那种长期被同学和老师忽视的中等生。这样的学生多是沉默的，甚至一直是伤感的，没有差生自暴自弃完全放弃的洒脱，有一种对前途的深深的无力感。就这样，他和众多的中等生一样，经过了漫长的三年初中生活，考上了本地的一所普通高中。可是，上了高中后，他突然就进步了，高一上学期的期中和期末考试，都考了班级第一名。

看一位年轻作家的博客，他说，他从小喜欢写作，大学期间投稿，很快就发表了一篇，之后的一年却陷入了沉寂，投稿很多，再没有发表一篇文章。他陷入了迷茫，失去了信心，认为自己不是那块料，想放弃。可是，他最终没有放弃，接下来的一年时间，他读了很多书，不再去想发表的事，而是埋头写作，终于，当他不再注重发表与不发表的时候，那些发出去的文章，却一一从远方飞了回来，带来了一个个好消息。从此，他的路柳暗花明。

作家刘瑜在一篇文章中提到，他曾经采访过一位知名偶像派歌手，这位歌手在成名前，住了九年地下室，最穷的时候，连坐地铁的钱都没有，买几个馒头，路过卖烤红薯的地方，说些好话，借人家的炭火烤馒头吃，吃上四个馒头，然后步行 20 公里回到住处。

看《谁的青春不迷茫》，刘同说，他当初住地下室，不出门整天写稿，当时，他提出要给一家杂志写专栏，这家杂志没有音信，可是，一年后，这个杂志主动邀请他写专栏，而且他写的专栏的名字上了封面。

许多事在变得美好之前是那么的不堪，美好之前的等待总是那么的沉默、无助与漫长，仿佛遥遥无期，仿佛没有实现的可能。

可是，在承受够了时光的黑暗，在忍受够了汗水与泪水的洗礼，在承受够了一次又一次希望的破灭，在经历了漫长的等待之后，那些美好还是来了，在我们等不下去的时候，在心情最低落的时候，来了。就像那高原上的山桃花，在某一夜的风雨之后，突然开了。

等到等不下去，还要等

远方一文友和我聊天，说，她等不下去了，这半年来，写的文字发出去，石沉大海，没有一篇发出来的，她甚至怀疑是不是自己的笔名起得不够好，她想停一停，好好考虑一下，自己是不是这块料……

可是，第二天，她就发来一条消息，她的文章见报了。她高兴地说，她看到了希望，她要接着写。

作家丁立梅在她的《等待绽放》里面说，她的儿子初中学习成绩不好，每到夜深，想起儿子的成绩，她就很伤心。

可是，自从上了高三，儿子像变了一个人，每天给自己写一句激励的话贴在墙壁上，每天早上早早起来读书，假期自动提出要找老师补习英语。就这样，高三一年下来，不断进步，高考考到了全年级第一名，考取了理想的重点大学。

她终于等来了儿子的绽放。

记得在一本杂志上看到过这样一个故事。

一个大学毕业生，毕业后找了很多工作都没着落，一次一次的应聘，让他身心疲惫，终于，在他参加完一家公司的招聘，等了很长时间，仍没有消息后，他在抽屉里给母亲留了一张纸条，拉上行李箱，坐了一天的车到一个遥远的地方，准备在那里待几天，然后结束自己的生命。

就在那天晚上，母亲打来电话，告诉他，聘任通知书到了，第二天他赶紧赶回家，看见正是最后去应聘的那家他喜欢的公司的聘书，激动得热泪盈眶，他跑去看抽屉里的纸条，纸条还在那里，他赶紧收起来，撕掉。他庆幸母亲没有看见这张纸条。

后来有一回，在他事业已经风生水起的时候，他谈起了这件事，母亲说，他一走，她就看见了这张纸条，很着急，想着先把他骗回来再说，结果第二天，就在他赶回来的路上，聘任书真的来了。他听了，很后怕，幸亏当初没有早早寻死。

人生的许多事除了努力还要学会等待，可是我们往往在最后一刻等不住了，心灰意冷，对自己充满怀疑，准备改变方向，准备放弃。

但是，就在那时，我们等到了。之后我们迅速成长，我们渐渐不再怀疑自己，渐渐不再相信别人否定的话，渐渐有了自信，敢于坚持做自己。

我们终于明白，只要坚持努力，耐心等待，在等不下去的时候，继续撑着，熬着，好消息终会到来。

等待中有痛，有失去方向的无力感，有化蛹为蝶的挣扎，可是，在我们等来的那一刻，生命如花，灿然开放。

许多事在成功之前看起来都是那么不可能

一

一次看到一个网络作家写她的写作经历。

初中毕业就到南方打工，在餐厅当服务员，一段时间后觉得打工没有前途，就开始写作。没有顾客的时候，在面前放一本菜单，假装是在研究菜单，趴在餐厅桌子上抓紧写一段。

她没有电脑，下班要去网吧写，那种小黑网吧，嘈杂，环境恶劣。她身上没有钱，每次去都要算算自己有多少钱，能写多长时间，要写多快，没有时间一字一句地想，写完了就要马上下，不然就得超支。

渐渐地，她的文字开始在期刊杂志发表，开始有了稿费。她买了电脑，租了房子，辞了工作，专门写作，一写就是一整天，饿了就吃一点方便面。

一年后，开始写小说。

接着小说出版，一本两本，再到十本，十几本。

她的小说还被拍成影视剧。

有一天，她看着书架上的十几本书，上面署着自己的名字，一时间觉得有些恍惚，回首走过的路，她只不过是一个很普通的初中毕业的打工妹，之前她的写作从来没有人认同，没有亲人朋友相信她能靠写作为生，从小也没有露出过写作的天分。

她怎么就能走到现在，在三四年前她想都想不到。

二

一直喜欢一位名师。

她教语文，一参加工作，就喜欢创新，走上赛教的讲台，参加本地大大小小的教学比赛，最后到全国大赛，年纪轻轻就脱颖而出。

她在带班的过程中也是不断探索，成了有名的班主任。

她坚持写作，很多文章被选入人大复印资料。

现在她虽然已经不参加比赛了，但是每年都应邀在全国各地讲课，做培训。她是国培专家教师，承担着培训来自全国各地语文教师的任务。

她在博客上写，有一天，她翻出一柜子的获奖证书，想想自己今天取得的各种成绩，觉得很不真实，她怀疑自己到底有没有人家认为的那么大的本事，觉得很心虚。

是的，她只有专科文凭，她是从川渝大山里走出来的一名乡村女教师，她从偏远乡村到了县城，从县城走到了大都市重庆，从重庆走到了北京人大附中，又到了清华附中。而有那么多的人在一个地方一待就是一辈子。

三

看周国平的《幸福的哲学》，在一次讲座中，周国平说："一个学哲学的人，能够拥有相当广的读者群，20年前的书今天还能每年几万几万地印，我真的没有想到，我这个人是比较自卑的，我年轻的时候设想我的人生蓝图，绝对没有将来成为一个著名作家这样的目标，绝对没有，想都没有想过，做梦也没有梦到过。所以我现在得到的所谓的成功，这种外在的成功，完全是出乎我的意料的，绝对不是我原来追求的目标。"

许多成功都是没有想到的。

许多事在成功之前看起来都是那么不可能，许多梦在实现之前，看起来都是那样遥遥无期，希望渺茫。

可是，正是那些看起来不可能实现的梦，才更可贵。

我们是一步步变好的，我们的梦是一步步实现的，路再长终有走到的时候，走不走上一条路，关键是看你甘愿平庸还是拒绝平庸。

俞敏洪说：成功很简单，就是不断地向前走。

只要你心中有梦，只要你坚持，没有什么不可能。

那些卑微的坚持

一

　　她是我大学进修时隔壁宿舍的同学，中文系的。一头长发飘泻而下，散发着女性文人的气质。她喜欢写作，她说她想当作家。

　　我看过她写的一篇文章，是关于寒食节的，那篇文章比较长，她认真抄写在绿格子稿纸上准备投稿。说实话，我没看出她多么有文采，那篇文章我只觉得她写得通顺而已，故事讲清楚了而已。不过看完，我确实佩服她的勇气。那篇文章，不知道最终有没有发表。但是，曾经有一次，我见餐厅门外黑板上公布的写影评的获奖名单中有她的名字，她是第三名。

　　我委婉地跟她探讨，中文系那么多文章写得好的人，人家都不去想当作家的事，她能行吗？她说，那些大石头看不上铺路，所以他们只能待在原地，我们这些小石子，却可以给自己铺出一条带我们去远方的路。我被她这一理论惊住了。

　　十年后，大学同学聚会，我的同学，也是她的老乡，说起她，她已经是他们那个市文联的一员了，都出两本书了，因为文章写得好，工作也由乡镇中学调到市委宣传部好几年了。

二

　　她是我们小区楼下卖手工馍的女人。她的丈夫是乡镇干部，患尿毒症，常年请假在家，公家给钱做了肾移植手术，手术很成功，但是不能劳累，所以，整个做馍的活都由她一个人操持，而她的丈夫，只是收收钱，

115

看看店。楼下的门面房里，曾经有好几家卖馍的，最终都是因为馍的质量不好，或是不够分量等，没有了顾客，导致关门。但是，这个女人，却几年如一日地坚持，做馍用好面，够分量，坚持做手工馍，她的馍每天总是早早卖完，供不应求。

她没有雇用小工，就她一个人，每天早早起床开始忙活，我看她劳累的样子，曾经问过她，一直坚持用手揉面，没想过也用机器搅几下吗？她粲然一笑，说，门上写着手工馍，怎么能用机器搅呢？

三年后，她离开了我们楼下，在不远处的当街，开了一家两间门面的超市，家里还买了一辆小面包车，丈夫常常出去给送一下货。由于价钱合适，服务态度好，他们的生意在周围的超市中是最好的。

三

这世上成功的人很多，有天赋的人很多，但是，我却常常被这些普通人打动，他们就那样卑微地坚持着，迎来了人生的转机，走向了一条更幸福的路，他们把琐碎积累成了伟大，创造了更有价值的人生。

他们让我想起一句话：只要勇于探索和奋斗，一个普通的灵魂也能走得很远很远。

懂得才不会荒芜

读季羡林的《清塘荷韵》。季老在他住的朗润园里投下了几枚莲子，想看看能不能长出荷叶莲花。

第一年，他等了一年，水面上什么东西都没有。

第二年，水面上仍然没有露出荷叶，此时他已经完全灰心了。

到了第三年，忽然出现了奇迹，有一天他发现，在他投了莲子的地方长出了几个圆圆的小荷叶。

真正出现奇迹的，是第四年。"一夜之间，突然长出了一大片绿叶""几天之内，池塘内不小一部分已经全为绿叶所覆盖"。他狂喜，认为"这几年总算没有白等"。

想起了以前看过的一个小故事，一个石匠砸一块大石头，他举起锤子，一下一下地砸，砸了很多下，石头还是原样，他在砸第99下的时候，石头还是纹丝不动，他想放弃了，最后一锤砸下去，石头轰然破裂。

或许我们坚持做一件事，做了很久，发现自己一点也没有变化，忍不住怀疑自己，甚至想放弃，其实，在深处，变化已经慢慢发生了，只是我们没有发现，就像那些荷花，它们在黑暗的淤泥里，一刻也没有停止生长，它们在集聚力量；就像那块大石头，每一锤抡下去，都在瓦解着石头的结构，它们在秘密地变化着，只是我们的肉眼看不见。

所以，你要懂得，只要你坚持，你就正在发生着变化，尽管你看不见。

只有懂得自己，才不会乱折腾，才不会荒芜。

在琐碎中成就自己

一

有学生英语学不好，问我有什么办法，我说，那就把所有琐碎的时间都用来背英语。

他问，一天学习很忙，哪有琐碎的时间呢？

我说，车上，三顿饭前后，周末那些作业写完，玩够的时候。

是的，只要把琐碎的时间都拿来做某件事，还有做不成的吗？

记得当年上中学时，我每天吃饭前都要选几个难记的单词写在一张小卡片上，在回宿舍取饭盒的路上看一眼，在去打饭的路上扫一眼，排队的时候从衣兜里摸出来看一眼，吃饭的时候边吃边回忆一下，记不起来的单词，再看一眼，等吃完饭，这几个单词已经烂熟于心，甚至比那些在课堂上正式读背的单词还记得牢。

那时，我每周星期三都要回家取一次菜，回家步行需半小时，便在身上揣一本课本，等同学们都走了，才出发，那时路上安静，我便可以放声读一路的书，回到家，几页书已经背熟，甚感充实快乐。

记得当年学化学时，化合价就是在骑车回家的路上背的，边骑边背，背了一路，重复了无数遍，背得滚瓜烂熟，至今不忘。

对于学习来说，记背永远是一道越不过去的坎，用好琐碎时间，随时随地去记背，当这些琐碎的时间累积起来，就会创造奇迹。

二

同学梅喜欢阅读，几年不见，发现她无论是谈吐，还是业务能力、人生境界，都有了很大的提升。

和她聊起来，她说她每周至少读两本书。

她工作忙，上班肯定没有时间看书，下班还要做家务，辅导孩子功课，但这样，并没有耽搁下她读书的事。

首先，在每天上厕所时，手上必然要拿一本书，厕所上完，往往一篇文章刚好读完。

吃过午饭，一般是要读上几分钟书，再午休。

下班回来，坐在那里静读一会儿书，觉得不累了，再忙家务。

做饭干家务的时候，或者是在跑步机上跑步的时候，耳朵里塞了耳机听《蒋勋细说红楼梦》《孤独六讲》等有声书。

晚上孩子写作业，她就坐在旁边捧一本书读，遇到孩子不会的题，随时辅导。

逛街购物累了，回来什么也不干，先坐下读一会儿书，心马上就能安静下来，劳累顿消。

出门旅游时，是肯定要带书的，等一趟旅游结束，通常一两本书也读完了。

而节假日，她更是充分利用了读书的时间。她现在基本不看电视剧，电视剧对她来说已经没有吸引力了，她说，遇到一本过瘾的书，你真想一口气把它读完，根本就不想看电视。

梅说，只要你想读，总有时间，三五分钟，十几分钟都好。

三

父亲是个农民，没上过几年学，年轻时候字写得很难看，记得上小学时，每每遇到老师让签"家长意见"，看见父亲签的字，我都很自卑。

可是他中年后却爱上了练字，达到了一种痴迷的程度。

父亲给自己开辟了一个"书房"，是厢房的一间简陋的小屋子，在里面摆上矮桌子，桌上放着笔墨纸砚，还有我上师范用过的字帖。平时一有空便钻进他的"书房"里练字。

那段时间，我师范放假回来，父亲最喜欢的就是跟我探讨写毛笔字，我用毛笔蘸水，在院子里的水泥地上写几个老师教的柳体字，父亲很是羡慕。

父亲沉默爱清静，一坐能在"书房"里坐一天。有时母亲不在家，父亲便把"书房"的门关上，院子里来了人找母亲，父亲不吭声，人家都不知道他在家。

经过持续不断的练习，父亲的字间架结构渐渐合理了，方正起来了。抄一段东西，错别字也少了。

父亲练字一晃已经二十来年了，最大的变化，就是这几年，父亲能写我家的春联了。

除夕，我和他一起贴对联，我打量着那些字，虽然个别字写得还是有些随心所欲，但是，在我心里，它们比电脑打印的那些堪称完美的字要美得多。

和他一起辨认哪个是上联，哪个是下联，父亲从容自信地指点给我看，那一刻，我发现，不知从哪天起，父亲身上多了一种儒雅之气。

我知道，是那些琐碎的日子，将父亲扛锄头握镰刀的粗糙的双手染上了墨香，是那些琐碎的日子，照亮了父亲卑微的人生，给了他生活的自信与从容。

生命之河滔滔，光阴转瞬即逝，若你我都能用心，便可采得浪花朵朵，点亮自己的生命。

当目标已经明确，你只需执着，用好那些琐碎的时间，将琐碎堆积出伟大，将平凡化为神奇，你终将在琐碎中成就那个想成为的自己。

这一生，你要遍叩多少道门？

翻一本时尚造型师的书，读到了这样一句话，她说："你要去尝试不同的衣服，找到适合自己的风格。"

尝试。是的，不去尝试，你的美好永远只在想象中，要想改变自己，让自己变得更美好，必须去尝试，花费时间、精力，甚至浪费一些金钱。

只有不断尝试，你才会找到自己的穿衣风格，形成自己独有的气质。

她，是一位服装设计师，看她的一篇文章，她说，三十岁之前的人生，她究竟要去哪里，她不知道。

读书，打工，做导游，当演员，考研，上讲台，进电视台，做记者，做编导，做主持人，做制片人……30 岁之前这些词语构成了她的生活轨迹。

命运总是给她安排过多的选择，她总是按照大家给她的评价和定义去选择，去活着。她不知道自己要去哪里，所有的选择，都基于别人或者自己想象中的别人希望她成为的样子，她把那个自我，深深掩埋。

很长时间，她对这努力经营出来的样子感到满意，但内心很清楚，这不是生活的真相。

直到开始做服装设计，她才发现，能用自己喜欢的东西养活自己，原来还可以这么有乐趣。

在有名的电视节目中，看到一位 45 岁的歌手来参加比赛，和其他选手相比，他的年龄显得有点大。他介绍自己的经历，做生意，朋友来消费不好意思收钱，结果，做服装生意赔了，卖酒赔了，开火锅店，又赔了。最后索性关了火锅店的门，来唱歌。

舞台上的他，表现优秀，声音沧桑有感情，赢得了一致好评。他属于这个舞台，这个舞台属于他，半生兜兜转转，他终于找到了自己的舞台，找到了自己的路。

一位年轻的编辑朋友，温暖的女孩，我们聊天，她说，你真幸福。我说，你也会的。她问，会吗？我说，是的，一定会，你一定会找到让你幸福的人，因为你这么美好。

"这是最最遥远的路程，来到最接近你的地方，这是最最复杂的训练，引向曲调绝对的单纯，你我需遍叩每扇远方的门，才能找到自己的门自己的人……"

每次听胡德夫的这首《最最遥远的路》，心总在想，这一路走来，你要穿过多少衣，才能找到适合自己的衣；你要写过多少字，才能写出一手让自己满意的文字；你要遇到多少人，才能找到那个对的人；你要走过多少路，才能找到属于自己的那条路。

答案是不知道。

但是我知道，只要不断去尝试，不断去努力，你终会走出迷茫，终会找到属于自己的那扇门。

感谢那些曾经的自我怀疑

一

文友说，她最近文发得不好，一些常上的报刊也上不去了，是不是自己写得不好，她对自己的文字又不自信了，充满了自我怀疑。

我知道，自我怀疑，是许多作者的心病，辛辛苦苦写了文，怀疑发不出去，怀疑发出去了没人看。

记得刘同也曾在一篇文章中提到，几年前，他曾经想给一个杂志投稿，可是他怕被退，因为当时认真仔细写下的文字，仍很难很难被发表。

现在，他已经不投稿了，终于熬到了编辑来约稿，写什么用什么。这在几年前，他是断然想不到的，觉得简直就是天方夜谭。所以他现在每一次写专栏都比以前更认真，因为他知道发表文章有多苦，投稿后的期待有多焦虑，他现在更加珍惜每一次写字的机会。

二

一位学生偏科，几门科目名列前茅，可就是学不好另一门课程。面临毕业，他的家长很是着急，寒假有一次碰上了，聊起来，家长问，该怎么办？虽然我知道难度有些大，但还是提出了建议。我说，那就整个寒假都来攻这门课吧，越害怕哪类题就专门训练哪类题。

家长回去说了，孩子连声说，不行，学不好，即使把现在刚学的弄会，以前的也忘了，不行，彻底完蛋了。

可是，没有办法的办法，眼看只剩一个学期了，就只有试试。

家长买来了资料，孩子一道题一道题地做，几乎道道题都是模棱两可，是一个关口，做着做着就把书扔一边，说，"不是学这门课的料"，忧伤叹气，哭泣流泪。

可是还在继续着。十天后，渐渐有了起色，孩子不再喊了。后来竟然越学越上劲，大年三十还在做题，觉得以前把这门学科想得太难了。开学一考试，这门课提起来了，总分一下子跃到了前面。

三

一位姐姐一直喊，她不是做生意的料啊，她怀疑自己的生意马上要垮掉，她怀疑自己的公司要倒闭。可以说，很长一段时间，她表面风光，其实背后都很抑郁，她恨自己当初头脑发热，一时辞去了稳定的工作来受这份罪，她时常对我的工作表示出羡慕，说，她现在是"骑虎难下"。

可是她这样喊着，已经喊了十年，生意却越来越好，这两年，她的生意逐渐稳定，她把管理完全交给了副职，自己多出了很多时间，出去四处旅游，享受生活，她再也不喊了。

谁的路上没有自我怀疑？

你怀疑自己不够好，你怀疑自己学不好一门课，你怀疑自己胜任不了一项工作，你怀疑自己不是那块料，你就像一个跑在长跑跑道上的人，总是担心后面有人马上要超过你。

你突然失去信心，遁入黑暗，你自我否定，你焦虑，你苦，你累。

可是，正是因为这些前路的不明朗，正是因为这些自我怀疑，你一步步更谨慎，更努力，更扎实，你一遍遍背书，一次次早起，一次次熬夜，一遍遍修改，一次次跌入情绪的低谷又一次次爬起来……

最后，在某一天，你突然发现，你已经迅速成长，成为了那个想成为的自己。你终于明白，原来，一点点痛，对你有好处，原来，压力会让你更强大，原来，苦会让你未来的甜更甜，原来，你也应该感谢那些曾经的自我怀疑。

我想知道，我到底会变成什么样

一

从杂志上读到一个故事。

一位高考考上名校的同学在谈自己的学习经历时说，其他科目都学得很好，在高二的时候，物理电学却学得一塌糊涂。

但他不放弃努力，走路、吃饭、洗衣服、睡觉的时候，头脑中都是电磁场，他不断做题，不会的就去问老师。

大概过了一个月，有一天晚饭时间，他在教室翻看错题集的时候，忽然有一种异样的感觉，好像有一层窗户纸突然被捅破了，之前模糊不懂的地方，一个接一个地敞亮起来。

这个故事真是令人振奋，原来一些事情只要你持续用力，必然会有从量变到质变的奇迹发生。

二

我喜欢隔一段时间就到刘同的微博去看看。

曾买过两本他的书，他的文章总给人以力量，每次看完他的文字，都会有一种向前冲的劲头。

他写道："别退缩，别放弃，只要每天都比前一天学到一些新东西，别说三年了，也许半年之后，你就会意识到自己的不同。"

"有些事情想想就好，有些事情定下来就去做吧，也许需要很多年。一旦你真的顺利进入到某件事情当中之后，你会发现这些事情并没有一个尽头，只能坚持做下去，每完成一个阶段自然会有一个阶段的成就感。"

的确，写作就是这样，当你开始写的时候，"写"这件事，就要一直进行下去了，而你只要坚持写着，总是不断在进步。

他说："我尽量每天去学习多一点东西。因为我很想知道自己42岁时是什么鬼样子。"

42岁，那是十年后的他。他已经热销了好几本书，十年后，他会是什么样子呢？

肯定是越来越好啊。

三

她出身于教师家庭，父母都是中学教师，在小城过着安稳的生活。她上的是一所普通大学，她的父母希望她大学毕业后回小城，在他们身边成家，过同样安稳的日子。

可是，她不喜欢，她想飞，去很远的地方，去大都市，北京，那里有她的梦想。

那年春节过后，她踏上了北上的列车。父母虽然不同意，可也没有办法，她硬气，没有问父母要多少钱，父母也没多给，想，她在北京混不下去了，就自己回家了。

她事先托朋友给她租了房，是地下室。她将地下室进行了简单的装修，贴了壁纸，铺了地板革，在网上买了简单的小家具，那房间，看起来也挺温馨。她拿着大学发表的十几本样刊，去一家杂志社应聘，做了一名编辑。

编稿，写稿，她攒了点钱，一年后，她离开地下室，搬到了公寓楼的合租房。

她喜欢时尚，工作三年后，看到一家时尚杂志招聘，她试着去应聘，结果聘上了编辑助理，她终于做上了自己最喜欢的工作。

她也搬了家，在离单位不远的地方自己独租了一个小房子。在自己的独租房，她终于可以自由地听音乐了，她给自己的单人沙发旁，铺了一块小地毯，坐在收拾好的房间里，感到很有成就感。

　　我知道她说的这些的背后肯定有许多不为人知的艰辛，可是她对那些艰辛只字未提，她说话的时候，脸上一直带着笑。

　　她是一位亲戚的女儿，现在是京城一家有名的时尚杂志的编辑。

　　多年不见，她人比上大学时瘦了一圈，她现在留长直发，穿一件洁白的没有一丝皱褶的白衬衫，一条藏蓝色铅笔裙，坐在咖啡馆三月的柔光里，清新优雅，就像窗外那树盛开的白玉兰一样美好，她笑着说，我当初就在想，我想看看自己到底会成为什么样。

　　看着对面坐着的她，我在想，一些事只要你真正想改变，其实都能改变。

不乱看

读《庄子·知北游》，80岁的"大马之捶钩者"，他一辈子只做一件事——捶钩。他手上是钩，眼里是钩，心里是钩，不是钩的东西连看也不看一眼，所以他捶的钩很有名。

师旷研习音乐，造诣未精，发觉"艺之不成，由心之不专，心之不专，由目之多视"。就用艾叶熏瞎自己的眼睛，使心无旁骛，终于成为中国古代的大音乐家。

这是一个不忍多看的故事，师旷如此决绝，为了成就自己心心念念的音乐事业，竟然残忍地将自己的眼睛熏瞎，这种做法虽然不可取，但是他用血与痛提醒你专心的重要性。

记者采访日本著名作家村上春树，问他的生活是怎样安排的，村上春树说，他的生活准则是：不说泄气话，不发牢骚，不找借口；早睡早起，每天跑十公里，坚持每天写十页，要像个傻瓜似的。像个傻瓜似的生活，集中精力写作，跑步，保持充沛的精力，时时鼓励自己，不让负面情绪消耗自己的能量，这样怎会不成功呢。

蒋勋先生画了一幅取名《云淡风轻》的画，在云门剧场展出，就只展这一张画。他说他喜欢这个展示空间，以前带朋友去罗浮宫，最害怕被问哪张画还没看到。他说，美术馆像人生，人生要看的东西很多，却也不可能都看到，领悟不要贪多，专心看一件作品，在一件事情上感觉满足，就够了。

想想我们很多时候都在贪多，似乎是越多越好，越丰富越好，结果我们在多中迷失，什么都得到了，却好像什么也没有得到。只专心做一件事，不乱看，不东张西望，眼中是钩，手中是钩，心中是钩，经过时间的积累，你一定会有所成就。

经冬而生

深冬的上午，在小区里走，不经意间看到了院子中间的那棵白玉兰。

光光的树枝举着毛茸茸的苞芽，在阳光下闪着光，我走过去，站到它跟前看，看着看着，突然感动起来，这是什么季节啊，寒冬里，天地肃穆，空气凛冽，滴水成冰，那么稚嫩的花苞，却在顶着严寒生长。

阳春三月，当玉兰花开，那耀眼的一树白，惊艳了多少看花的眼，可有谁会想到，那些花，曾在极寒中如此努力生长。

想看看其他的树是怎样的，于是继续在园中走。

结果我看到，樱花树、红叶李、丁香花、金叶榆、白杨树，它们在落了叶子的位置旁边都又长出了苞芽，或圆或扁。在北方寒冷的冬天，你不仔细看，是不会发现这些苞芽的。这个发现令我震惊。

那些小小的苞芽，眉眼一样的苞芽，它们是怎样抵抗住了那些寒，怎样经历了最黑暗、漫长、寂寞的跋涉，才在来年春天，迎来生命的灿然绽放啊。

每每看到一位喜欢的作者，总爱翻翻他以前的博客，想看看他最初的文字是怎样的。

看得多了，你会发现，大多数作者，开始写的文字都有些生涩，有些稚嫩，但是写着写着，味道就出来了，意境就出来了，文化底蕴就出来了，不知不觉中，他们已经化蛹为蝶，实现了自己的华丽蜕变。

看过许多博客后，也发现，一个作者由最初的生涩，到最后的成熟，要经过五年、十年时间。

五年，十年，说短也短，说长也长。而最开始的路又总是那么艰难，有的作者，更是举步维艰，走着走着，就走不下去了，可是他们坚持下来了，最终走出了一条属于自己的光明的路。

她说："太难了，很多次都想放弃，一直都在黑暗中，经常是半死不活的状态，脚下没有路，硬是迈开步，脚下走的每一步，便都成了路。"这是上次回故乡时，遇到的一位姐姐说的话，如今她已创业成功，人们看到的只是她的光鲜照人，却不曾知道她曾那样艰难过。

诗人周梦蝶有一首诗《不怕冷的冷》：

　　　冷，早已成为我的盾／我的韵脚，我的／不知肉味的／韶，媚妩／绀目与螺碧……据说：严寒地带的柑橘最甜／而南北极冰雪的心跳／更猛于悦欢。

这世上所有的盛开，都是凌寒而来，所有的梦想，都是经冬而生，只要你在漫漫寒冬挺住，你就一定会修来自己的华枝春满，天心月圆。

你的花会开在你想要开的枝头

在微信公众号上看到一篇文章。

作者说，有一天她的老板问她，你想过五年后要活成什么样子吗？作者回答了一大堆形容词，笃定自持之类，老板说，太虚。见她迷惑，老板就问她：五年后，你想穿什么衣服，是什么发型，开的什么车，年收入多少，在哪里，做什么，和谁在一起？

她一时怔住。老板告诉她，五年前，她给自己勾画了一个画面，她要穿某品牌的驼色大衣，简约长裤，拎黑色大包，黑发，淡妆，和自己的签约作者在城市的某个角落喝一杯咖啡，不为生活费发愁，只为更好的理想而生活。

老板描述的画面，和那天站在她面前的形象不差分毫。

几年前读过的六六的一篇文。当年她出去闯世界，刚到新加坡，一无所有，去超市买打折的芹菜和鸡，因为一块新币插在手推车里拨不出而伤心落泪，为找工作，跑到新加坡地图上都没有标出的厂区，听了长到20多岁以来次数最多的 NO。

当别人在喝红酒品芝士的时候，她汗流浃背地在各色公交上穿梭；当别人穿礼服去听音乐会的时候，她心里想，哪怕有人送她一张票，她都买不起去观赏的礼服。

十几年过去，她没有一刻放松警惕，在被生活追赶的前进中，终于一点一点过上了自己梦想的生活，坐在闹市的冰淇淋店点三球冰淇淋，看着来来往往行色匆匆的路人，自己跟自己干杯，像十年前她羡慕的那些韩国太太、欧美女人一样，不上班享受生活。

当年读大学时，一位任课老师说，她的大学同学在毕业十年后，想做官的都做了官，想做生意的都做了生意，挣了大钱。那时她刚参加完一场同学聚会，见到了那些"发达"了的同学。我们听了笑笑，以为老师只是说个笑话而已。

多年后，当自己毕业也十年、二十年了，才发现，生活大抵如此，大抵如自己想的那样，只要有想法的，努力了的，基本都如了愿。比如那位同学，我们隔壁宿舍的那位女生。

她是读中文系的，长长的直发，气质婉约。她和一般的女孩不一样，一般的女孩觉得自己上完学，将来就是当一名教师，所以课余时间，大多是闲聊和娱乐。而我每次看到她，她要么在练毛笔字，要么在读书，全然不受宿舍其他同学的影响，有时也见舍友传看她写的稿子，绿色小方格的稿纸，抄写得整整齐齐，是准备投稿的。她想当作家，她们宿舍的都知道。

我读过她几篇文章，说实话，我对她并不抱信心，我看过校文学社在橱窗里展示的文章，一个个才情横溢，看了那些文章，只会让你感到更加卑微，觉得写作是一件很遥远的事，哪怕心里有过几次对文字的美好向往，也会瞬间被自己扼杀，我觉得女孩离当作家也挺遥远。

一晃已经毕业多年，这两年，我们在一个群里又遇见了，她显然已经成为了一名作家，这些年，她已经出了好几本书。

再读她的文章，文字灵性活泼，韵味十足。照片上的她，依然还是那么年轻，仿佛岁月没有在她的身上留下痕迹，她依然留着长发，只不过气质中更添了一份优雅知性的美。

她终于成了她想成为的样子。

闲读周梦蝶的诗，读到这样的句子："每一滴雨，都滴在它／本来想要滴的所在；／而每一朵花都开在／它本来想要开的枝头上。"

是的，只要你有你的方向，只要你坚持，一直一直地坚持，终有一天你会变成你想要的样子。你的这朵花，它会开在你想要开的枝头。

第五辑　香留心中

风中的母爱

清明放假，回了一趟家，发现母亲的记性越来越不好了，心里一直有一种隐隐的忧伤。

第二天早上，起床，发现母亲没在家，自行车也不在，我想，她肯定又去上街了吧。

外面是呼啸的风，还夹着雨，想着母亲身体不好，还要逆风骑四五里的路，很着急，心里埋怨着母亲，怎么不替儿女着想。

母亲终于回家了，很高兴，把买的东西一样一样往外掏："这是咱们这边的豆芽，这是咱们这里的魔芋豆腐，这是我给你买的馍，都是你爱吃的，走的时候带上。"原来她是到街上给我买东西去了。

我一口拒绝，不要。并告诉母亲，我还要在路上别的地方待几天，拿上肯定坏了。

母亲看着我，眼里有些失望，说，那你不要？我坚定地回答，嗯。

晚上，已经很晚了，我正准备休息。见厨房的灯还亮着，就过去看，发现母亲坐在那里往灶里添火，锅里正煮着什么，母亲说，她把一点鸡爪煮一卜，明大带着路上吃，并小心试探着说，我煮了那么多的肉，你明大拿一些，再把馍拿上，回去很累就不用出去买了。我还是一口回绝了，虽然我知道这次回家，在路上不会逗留多长时间，拿的东西应该不会坏，但是，为了下一次她不再这么忙碌、不再这么累，我还是狠心地拒绝了。最后，我怕母亲难过，就说，那就把鸡爪拿上，其他的都不要。

第二天，出发前往车上搬行李，见母亲已经早早给我们准备了两大袋要带的东西，虽然有些多，为了让母亲放心，我还是什么也没有说，就装上了后备箱。

和母亲道别，走上归途。依然是风兼雨的天气。

走到镇上，停下车吃小吃。这是提前跟母亲说好的，先生和孩子很爱吃当地的面皮，要不然，母亲是断然不会让我们走的时候，在外面吃早饭的。

我们正埋头吃着饭，突然，听到有人叫我小名，抬头一看，是母亲。我惊呆了。

母亲正笑着向我招手，我跑出去，她说，她把一点东西忘了，来给我们送，放下就马上走。我看到，是鸡爪，还有前一天买的豆芽、魔芋豆腐、馒头、几天前做好的熟肉。母亲把东西塞给我，向我挥手，转身骑上车子就走了，我看见她的背影渐渐消失在长长的街⋯⋯

重新踏上归途。

我们惊叹，四五里的路，我们是开车，而母亲，是自行车，她是怎么追上我们的？况且，镇上有好几条街道，她怎么知道我们在哪一家吃饭？

我反复想，最后，明白了。肯定是，我们车子一开动，母亲就记起了给我的东西没拿上，可是，她又不敢给我们打电话，她知道，她一打电话，我们肯定说不要，不会掉转车头回来，那样还耽误了她的时间。

于是，她就赶紧骑上车，迎着风，淋着雨，一路追，一路看，焦急而又充满希望，最后，终于看见了我们停在路边的车⋯⋯

突然想起龙应台在《目送》里的那段话："所谓的父女母子一场，只不过意味着，你和他的缘分就是今生今世不断地在目送他的背影渐行渐远。你站立在小路的这一端，看着他逐渐消失在小路转弯的地方，而且，他用背影默默告诉你：不必追。"泪水渐渐湿了眼眶⋯⋯

我知道，从此以后，母亲这一段在风雨中追赶的路程，将成为我永远也弥补不了的心灵追悔。

父爱如花

夏日的清晨，阳光明亮，我家窗台上的栀子花开了，一朵洁白的花，蝶一样栖在墨绿色的花枝上，散发着幽幽的香，一股童年的味道。

这是父亲给我的花。

今年春节，我回家，见厨房的屋檐下摆着两排花草，我奇怪，父亲养花向来都是栽在房前屋后的，怎么会在花盆里养起花来了？我问父亲，父亲说，那是给你的。听了这话，我很是惊喜。

仔细看，那些花有栀子花、小棕树、迎春花、兰花，还有一些叫不上名字的花花草草。这些花草被栽在大小不一、颜色各异的花盆里。花盆里黑黑的泥土上，覆盖着一层薄薄的绿苔藓，长在里面的花，像是鼓着一身的力气，叶子油黑，蓬勃生动。

这些花在我走的时候，被装上了车，穿秦岭、越关中平原，经过千里大奔袭，最后来到了我的家。我大干一场，给它们都换了新花盆，浇好水，盼望它们在我家的窗台上、客厅的地上，好好生长绽放。

可是，这些花自从来到我家后，就像生了病的茶饭不思的美人，没几天，就都蔫了，慢慢地就都死了，只剩下一溜空花盆摆在那里，让人看了觉得伤心。

暑假，我又回家了。发现父亲又给我准备好了小棕树、栀子花，还有仙人球、麦冬等。父亲知道我养的花都死了。

这次父亲特别叮咛，这麦冬好好养，用它的根泡茶喝是去火的。我想，这次我一定要格外小心地照顾这些花，不辜负父亲的一片期望，于是，我又满心希望地带上这些花北上。

不知道是我不适合养花，还是南方的花到了北方水土不服，这些花，最终还是没有活下来，看着一溜空空的花盆摆在阳台上，我在心里暗暗发誓，以后再也不从老家带花来了。

又一年春节，我回到了老家。

一进门，就见我卧室门外的院子里摆着一个棕色的大花盆，里面是一棵半米高的蓬勃旺盛的栀子花，父亲笑着说，是给我养的，让我走的时候带上。我一听，惊住了，没想到父亲还是不死心，还要给我花。那盆花长得真好，又是我最爱的栀子花，我心里很喜欢，可是这一次我却不敢要了，那么大的一盆花，我不忍心它再死在我手上。我赶紧硬下心来拒绝，说，街上到处都有卖花的，各种名贵的花都有，这盆花就先养在家里吧。可是，父亲根本听不进去我说的话，我走的时候，执意让我把这盆栀子花装上车带了回来。

没想到，这盆花最后竟然被我养活了，还开出了白花花的花，梦一样的花。

后来，我终于明白，父亲为什么一直给我花。

父亲不善言谈，在他心里，这些花和我在路边买的不一样。这些花是陪伴她女儿长大的花，这里面有他女儿童年的记忆，这花盆里面的泥土，是她女儿的故土，如今，他的女儿走得远，他是想让他的女儿在异乡，也能看到家乡的花，就像看到家乡的人，看到父母。他是打发这些花来陪伴我，不让我孤独。

我仿佛看见，父亲蹲在地上，仔细地把那些从院子里某个地方挖来的泥土，一捧捧地捧进那些形状各异的花盆里，那一刻，他的心里一定是欢喜的，充满希望的。

原来，不管孩子走多远，都走不出父母的牵挂，他把那些花花草草一盆盆地栽下，是栽了一盆盆的爱啊。

流年里的花香与书香

那时，我上初中。我们学校后面是一片田野，每到春暖花开的季节，田野里是一大片一大片的油菜花。那时，吃过下午饭，我经常会邀几位同学一起到油菜花田边读书。穿行在田埂上，我们放声读背课本，田野青草的气息，油菜花淡淡的清香，被我们深深吸入肺腑，心里充盈着花样的美好。虽然手上的教科书有些单调乏味，可是，我知道，在那望不到尽头的油菜花海外面，有一个广阔的世界在召唤着我，心里涌动着满满的希望，一点也不觉得读书苦。

工作后，有一段时间，在农村教书。那时候，常于傍晚，搬一把小凳，泡一杯茉莉花茶，拿一本杂志，坐在房檐下看。五月，槐花盛开。对面山坡上，是铺天盖地的一片白色的清芬世界。近处校园围墙边，一排老槐树也披挂着白色的花朵，冰清玉洁，高高矗立。

傍晚时分，清风拂过，槐花的幽香飘满校园，顿觉神清气爽。手捧的那些文字，仿佛也是字字如花，馥郁芬芳。偶有白色花瓣飘来，撒在头上、身上，飘落在脚下，那一刻，仿佛自己就是那归园田居的隐者，有"采菊东篱下，悠然见南山"的淡远宁静。

那年秋天，偶然见街边有卖栀子花的花摊，惊喜之下，一下子买了好几盆回来。给书房的窗台上摆满。栀子花白灿灿开了一片，浓郁的香气，扑鼻而来，沁人心脾，坐在栀子花前读书，心顿觉宁静清凉。那段时间，工作有些不顺心，心情有些郁闷，喜欢读席慕蓉那忧伤的文字和林清玄的禅意清凉的文字，自从有了那些花香，那些文字便是字字入了心，心里的郁闷渐渐得到化解，烦扰不再，内心变得澄澈清明。

喜欢百合。每次路过花店，眼睛总是为那些插在清水玻璃瓶中的百合所吸引。它们安静婉约，充满生机，常常会买回三两枝，插于书房窗台上的玻璃花瓶里。在百合花香中，读蒋勋，读张晓风，读张岱，读苏东坡，内心逐渐丰盈，岁月也染了香。

流年里，那些花香与书香，静静流淌，无声无息，抚慰着我疲惫的心，芬芳着我的梦，已然成为生命中不可或缺的组成部分。

有花香书香为伴的人生，让我感受到了生之喜悦，生之美好。

尘世微光

一

那天，你有些郁闷，一路胡思乱想，你准备过地下通道去对面的商场，刚踩下第一个台阶，突然感觉身子一飘，像被谁推了一把，就迎面扑了下去。

惊吓中，你模糊看见旁边伸来一双手，一个接东西的姿势，但是接不住。

你的身体终于停在了两段台阶中那一米多宽的平台上，竟然是坐着的姿势。这时，你看到了那个伸手的人，50来岁，个子不高，清瘦，皮肤黝黑，是一个农民模样的人。

他为你拾起了一旁的背包，捡起了滚得老远的纸袋子。

你坐在那里很尴尬，想，自己怎么会滚下台阶呢，简直像拍电视剧啊。你很不好意思，急忙望向四周，还好，周围没有其他人。

你赶紧对他说，谢谢你，非常感谢，我刚才走神了，昨晚没休息好，你不停地解释。

他眯着眼睛微笑着听，关切的眼神，让你想起了父亲的模样。

你站起身，拍拍衣服上的灰，发现只有膝盖的地方，有几道红红的划痕，活动活动脚，脚能动，其他地方也都好好的。

你笑着说，没事了，谢谢您，您赶紧忙去吧。

他还是有些不放心，问，你能行吗？

你赶紧说，能行，您赶快去忙吧。他又看了你一眼，才不放心地走了。

你走出地下通道，走上对面的街，想想刚才惊险的一幕，想起那个像父亲一样的人，先前的那些烦恼顿时烟消云散。

二

你也常记起上大学时那个帮助过你的人。

上大学那几年，宿舍的同学周末都出去带家教了，只有你怀揣着一个缥缈的研究生梦，周末一个人伏在宿舍的桌子上做题、背单词。你怕浪费了学习时间，不敢出去带家教，你又不想多向家里要钱，因此生活拮据。

那年寒假回家，买完火车票，你身上只剩下 30 元钱了，到了火车站，离火车开还有两三个小时，你想想自己这个寒假回去，整个假期都要学英语，还缺一本大学英语词典，而离火车站不远，就是这个城市最大的教辅资料批发市场，于是决定抓紧时间去买一本。你留下十元钱备用，拿出其中的 20 元钱，去了书市。

在如山的资料中挑选，你终于看中了一本词典，一看标价 35 元，你说，你只有 20 元。老板说，一口价，少了 25 元不卖。

由于时间紧，你不可能再一家一家去寻找这本词典，一家一家讨价还价。

你捏着手里的钱，站也不是，走也不是，左右为难。

这时，你听到一口标准的普通话，说，你这个老板，孩子喜欢书是好事，你就少五块卖给她好了嘛，说着给老板递过去五元钱，转过头温和地对你说，"把书拿走吧"。你赶紧给老板递上手里的 20 元钱，取过了书。

待你转身准备致谢时，他已经走了，你看到的是一个穿藏蓝色羽绒服的魁梧的中年男子的背影。

那一刻，你站在那里久久没有挪动，虽是寒冬腊月，你的心里却是暖暖的。多年后，当你回忆起那个场景的时候，你的心里依然是暖暖的，充满着感动。

三

那天，你工作了一天，很累，趴在桌子上，心里有些黯淡。随手打开微信，聊天对话框里跳出了一张图片，一杯柠檬水盛在玻璃杯里，清澈透明，水上漂着一片柠檬，很是好看。

下面是一句话：香，你每天喝柠檬水吗？

你说，没喝过。

明天开始喝吧，天天喝，改变体质，健康养颜。

你怕她失望，说，好，那我明天买些柠檬来。

必须天天喝，日久你肯定会有感觉的，你一句多病，害得我一顿惦记，老琢磨怎么和你说，病是因为体质酸性才得的，那柠檬水，可以使体内环境变成碱性，买进口的柠檬，不酸，一个柠檬可以切好多片……她生怕你只是应付，在那边反复叮咛着。

她是你远方的文友。你才记起，前几天，你曾经无意中提起过，自己身体弱之类的话，只是随便说说，没想到她却记在了心里。

你看着那杯柠檬水，心逐渐明亮起来。

微茫尘世中，每个人都会有孤独、悲伤、无助、绝望的时候，而那些人，他们看见了，他们看见了你的困顿，你的劳累，你的疾苦，你的不易。他们伸出了手，扶起你疲倦的身躯，抚慰你的忧伤，就像一道微光照进了你的心，你的心渐渐地，渐渐地开始亮堂，你又看见了尘世的温暖，尘世的希望，然后，你觉得那点痛算什么，这世上，还是幸福更多。

香留心中

秋来，那天下午，发现路边有卖栀子花的，很是欣喜，在这北国小城，栀子花是不常见的，于是赶紧买了一盆，欣然抱回家。

儿子放学回来，一见我买的花，开口就是"还不是过几天就死了"。是的，几年前，也是这个季节，我第一次在这里见到栀子花，曾经疯狂地一次买过八盆，摆满了客厅的窗台，不久，它们水土不服，全死了。儿子记得。

我说，是的，过几天就死了，可是它现在不是开得正好吗？这盆花，刚开了三朵，我看可能开的花蕾大概有七朵。好了，只要这七朵开了，我就心满意足了。

家里的环境确实不适合栀子花生长，尽管我一天喷好几次水，才一天时间，花叶就明显变薄，叶脉上的线凸了出来，看来这盆花也是肯定要死了。因为知道它不久就要死去，所以我走到哪，就把它搬到哪。

我在书房看书，就把它放在书房的窗台上，眼睛累了，朝它一看，顿觉神清气爽。在卧室休息，我就把它放在卧室里，它散发的幽香伴着我，很容易就能入睡。

那盆花开得很好，不止开了七朵，有一天数了数，竟然开了 13 朵。可是，尽管开了这么多花，它的新叶已经停止生长，花枝已经没有能力供给花蕾营养，但是花蕾依然绽放。有些花蕾，小小的，完全是绿色的，看起来绝不可能开花。可是，它们竟然从中间裂开，开出了白生生的花。自然开放的花，是一层一层从外向内散开的，可这些绿色的小花蕾，却是直接从中间破裂，几层同时打开，花心破碎。看了真让人心疼又感动。

原来，花期一到，一朵小小的毫不起眼的花骨朵，也有一颗开花之心啊。

随着上面的花不断开放，枯黄，缀了一层，下面的黄叶也在一层一层往上长，我知道，这棵花树在边开花，边死亡，但是，我不伤心。最后它竟然开出了二三十朵花，完全出乎我的意料，我尽享了它的清香，没有遗憾。

　　花已开过，香留心中。

　　就像我们生命中遇到的一些人，走着走着，就散了。那就随缘吧，人生本来就是一场接一场的遇见，一场接一场的别离，遇见的人终究会离去，任何人都只是从你的生命中路过，陪伴你一段时间。然而那些美好会永留心中，就像这些栀子花，开到最后花枯叶败，但是，香留心中。

樱花开得那么隐忍

还有两个月就要中考了，为了进一步了解学生的学习状况，更好地查漏补缺，我让学生们把自己学习上的问题用写纸条的形式写出来，我集中解决。

纸条收上来了，大多是问怎样复习，有一张纸条很特别，上面写着：老师，我喜欢上了一位异性同学怎么办？这是一张匿名的纸条，我仔细端详着上面的笔迹，尽管笔迹略显潦草，但我还是很快就分辨出这是强的，毕竟我已经教了他们三年。强最近成绩下滑很厉害，原来年级前十名的同学，最近几次模拟考试都在100名以外。看来他是早恋了。

上课了，我有些沉重地走进教室。但是，稍微整顿了一下情绪，还是秉承一贯的微笑开始讲课。

这节课的内容尽早完了。我开始和同学们谈话。

我问同学们，你们看，校园里那些花好不好看？同学们把头使劲扬起朝那些新栽的树看去。四月下旬了，校园里新栽的一片樱花树，开花了，一树树粉色的花，淡雅繁盛，将那片樱花林开出了一片粉色的柔光，这片樱花林为学校平添了一份生机与美好。

同学们都笑着说好看，真好看！我问，你们知道这是什么花吗？同学们摇头。我说，这就是我们常说的樱花啊。同学们很是惊喜，纷纷说，这就是樱花啊，原来这就是樱花啊！

我说，同学们，你们看，樱花和桃花有什么不同？学生们七嘴八舌，热情发表看法。有人说桃花灿烂，而樱花更美。

我说，"桃之夭夭，灼灼其华"。我看桃花粉得鲜艳，粉得热烈，粉得直接，连叶子都不要。樱花是淡淡的粉，粉得含蓄，粉得动人但不张扬，藏在叶子下。桃花很多时候用在表达爱情上，比如崔护的一首诗：去年曾经此门中，人面桃花相映红，人面不知何处去，桃花依旧笑春风。里面就有热烈的爱情。同学们都笑。

正值青春期，你们也会有感情萌生吧，你们应该像桃花那样热烈，还是像樱花那样不张扬呢？你们若有爱的情愫是要说出去好，还是隐藏心底好呢？你们是要去远方看盛大的樱花开放，还是只在这山里看一辈子桃花呢？我趁势问了一连串问题。

我特意朝强那边看了看，强睁着黑白分明、大大的眸子，和我的眼神在空中交会，然后目光迅速涣散、飘忽，若有所思。我不知道强听进去了没有，因为早恋是一个难题。

两个月很快过去了，这期间，强的成绩时好时坏。中考前三天的清晨，我们照毕业照，我正被一个班的一群同学拉着照小合影，突然，强跑到了我跟前，叫我过去。他塞给我一个棕色硬皮笔记本，转身就跑了，我打开本子，发现里面夹有一张纸，上面写着：樱花开得隐忍而美丽，老师，我要去更远的地方看樱花。

那一刻，我笑了，眼泪濡湿了眼眶。原来，强听进去了。

是啊，强听进去了，最后一次全真模拟，强又杀回来了，冲进了前三名。原来这一阶段强一直在追赶。

抬头看身边的那片浅浅的樱花林，花早落了，一棵棵小树上绿叶闪闪发光，娇嫩蓬勃，允满生机。

望着强远远的背影，我在想，那些过早的、青涩的爱，如果突如一场花事样汹涌而至，势不可当，那么，就让它悄悄开放吧，有一些美丽，也有一些忧伤，最后，花期终会过去，生命会再次抽新绽绿，以更加蓬勃旺盛的姿态，迎来更美好的生长。这样不至于过分影响自己，也不会影响到他人。

爱不必都要说出去。

好看是因为够努力

一档很火的电视节目，看了幕后报道才知道，工作人员很辛苦，比如，做摄像监控的工作人员，夏天住的房子很简陋，四五个人挤一张床，环境封闭，闷热，蚊子很多。

电视台的后期制作，也是辛苦无比。工作间的椅子上放着一些棉被、靠枕，工作人员要通宵工作，由于开的空调冷，这些棉被常常被裹在身上，长时间坐着，脖子受不了，备了这些靠枕，办公室靠墙的地方有个沙发，困了就在沙发上躺一会。

这种苦，让一些羡慕进电视台的实习生，望而生畏，中途退却。

看韩剧，那些偶像人物个个帅气逼人，一个眼神一个动作都是那样迷人。直到看过一个韩国天团的报道，才明白，原来他们那种帅气的神态和姿势不是天生的，而是训练来的。

那些被录入的人，每天要接受严苛的训练，一个眼神，一个抬头，一个甩手的姿势都要重复练习几十遍甚至上百遍。还要严格控制体重，一天只能吃两顿饭，训练饿了，就只能喝白开水充饥。没有坚强的意志和艰辛的努力是难以留下来的。

身边的女性，我最欣赏的是朋友雅。就像她的名字一样，她知性优雅，每次见她，她的衣服都穿的那么得体，堪称完美，让人羡慕不已。

可是跟她逛街次数多了，才知道她这份美丽是怎么来的。

她买衣服，精挑细选，不怕辛苦，看中的衣服要反复试穿，有时要把两家店的两件相似的衣服拿到一起来对比，或者拿来配套，从不嫌麻烦，不完美就不要。

她很有想法，说，买衣服的时候，要穿上自己最漂亮的衣服去买，这样才不会一见到有一点漂亮的就想买，买回来又后悔。

我常常见身边的一些朋友，她们总是感叹自己买的衣服不好看，可是她们在买衣服的时候，花了多少心思呢？通常是，发现没衣服穿了，匆匆忙忙去随便买几件回来，过不了多久，就不喜欢自己的衣服了，还是没有衣服穿。

她们平时不研究自己，不知道自己究竟适合哪种衣服，茫然地走进商场，即使是站在最高级的商场，也无所适从，不知道哪一件才是适合自己的衣服。

所以，通过雅，我明白了，每一个精致美丽的女人，背后一定很努力。

其实，所有的好看得来都不是那么简单，好看的背后都是因为努力，这世上没有一种好看可以轻易取得。

你若想好看，就必须付出比别人更多的辛苦，甚至要忍受常人无法忍受的苦难。

求好的心

朋友涛是个优秀的女子，不仅工作优秀，生活也是过得美美的。每次见她，总是人群中最突出的那一个，衣着美好，妆容精致，跟她相处的时间久了，终于明白，她为什么方方面面看起来都那么优秀。

因为她有一颗求好的心，在任何方面，都努力做最好的自己。

跟她一起去旅游。

她每顿饭都不吃重样。我有时懒，想着就在离住处不远的地方吃上一顿多方便啊，或者是，上一顿吃的那一家不错啊，这一顿我们再去吃吧。一般情况下，她都不允许，她说，我们来这里是干什么的，我们要多品尝当地的美食。

那年冬天去重庆旅游，有一天为了吃上一顿当地的正宗火锅，我们走了三条街，一路询问。最后终于找到了一家满意的店，坐在那家火锅店，涛脱掉大衣，十分开心，优雅点餐，菜上来，开心拍照。服务员全是军装打扮，店里的布置和餐具也是军队的样子，我被那种氛围感染了，很开心，觉得走那么多的路很值，看着她，那时，我在想，要是我跟别人，要是我一个人，肯定遇不到这样的美好。

去年我们一起去贵阳，为了吃一顿酸汤鱼，在夜晚的街上走，边走边问，有人说不知道，有人指错路，最后我们走完了一条长长的街，当我们站在十字路口充满疑惑想放弃的时候，没想到在转角处看见了那家店。

如果不是她的坚持，我们肯定就吃不到那顿饭了。现在回想起来，在贵州，印象最深刻的，也就是那顿饭。

她做起吃的来，也是充满创意。

煮一盘虾，在盘子周围摆一圈黄瓜片。清蒸鳕鱼，有专门盛鱼的长盘子，三大片鳕鱼整齐排放，上面撒着细细的长长的葱丝，看着就觉得好吃。素菜也注意颜色和营养的搭配，红黄绿。

就连她吃水果也是充满诱惑。芒果、梨、火龙果、猕猴桃都切成块，橘子剥了，放在盘子里，用叉子吃。那一盘秀色，光看着都觉得美。

跟她出去逛街买衣服，有时转一天她都不买一件，她只有遇到最好看的，自己特别喜欢的才去试，试的时候，反复比对，有时还把别家的类似的衣服拿来对比，或者别家配套的衣服拿来配。总之，她绝不轻易买下一件衣，一定要是最漂亮的，哪怕多走路，哪怕多转几回，所以她的衣服件件好看。

想想身边的一些人，包括我自己，往往为了省事，就随便找一家吃的地方，解决了吃饭问题。往往嫌麻烦，就随随便便买了一件衣。往往到了做饭时间，就随意做了一顿便饭。

时间长了，就形成了一种习惯。一晃我们的半辈子，一辈子也就没有过过所谓的精致的丰富的生活。想想都觉得可怕。

那么，是不是写字的时候，多注意一下，就能书写更整齐。写稿子的时候，多注意一下，就能避免错别字。平时多利用一点琐碎的时间，就能多背几个单词。多费一点工夫，就能做出更好的策划。这些道理显然是相通的。

其实，美好有时和你隔得并不远，你与那个最好的自己往往只差几步路，就像我们去贵阳吃的酸汤鱼，走了一条街还不见，一转拐角，它就在那里了，多坚持一会儿，你就能遇见最美好的自己。

美好世界

我一直认为，一个人的幸福程度，不是外在拥有了多少物质，而在于他的心里有没有一个美好世界。

四月天里，我坐在窗前写字。窗外，是满山的绿，那些深绿，是松树的绿。那些浅绿，是槐树、桃树、杏树等树的绿。窗前不时有一两朵柳絮飘上来，就像有个调皮的孩子，躲在窗下吹泡泡。

我写写字，抬头看看外面的山。手机里正播着一首纯音乐，音量放得低低的，旋律悠扬，旁边放着几本书。我看着眼前的一切，心里跳出几个字：美好世界。

是的，山、书、音乐，再无需更多，这就是一个小小的美好世界。

我总是很容易沉浸在这样的小小世界里。

樱花开了，我在花园里看花。

我站在一棵花树下，看着那些繁盛温柔的粉色花朵，真想住到那棵树上去。我给樱花拍照，拍着拍着，手不小心触上了一朵花，那花瓣，突然簌簌而落，落到了我的鼻子上、身上。那时，正好有阳光透过花枝，花影落在我身上，那一刻，我被阳光和樱花的青睐，惊住了，心里有十万欢欣涌了上来，尘世的种种，离我而去，我的眼前只有樱花，我的心里，只有樱花，樱花，在那一刻，就是一个让我沉醉迷恋的缤纷纯净世界。

前几天看到一位喜欢的作者谈他为什么热爱写作，他说，他写作是为了给自己营造一个世外的家园。"世外的家园"，心里很认可这几个字。

其实，在每个艺术家的心里，都是有一个世外家园的。齐白石的瓜果蔬菜花鸟鱼虫世界。金农的十万梅花。莫奈的睡莲。王维的辋川。梭罗的瓦尔登湖。那里有花开，有鸟鸣，有水流，有朴素的大自然。那个世界，简单纯净，芬芳美好。

和一朋友聊天。她说，当她头脑中有烦恼事冒出来时，她就幻想眼前有一片荷塘，里面开满荷花，荷花香气四溢，那时，她脸上自然就有了笑，那些烦心事就像烟一样散了。怪不得她脸上有静气呢。那万亩荷花，护持着她的心，让她脸上不着岁月的痕迹，永远美丽。

现实世界总是不完美的，也没有人苛求它的完美。但是，我们每个人都可以在心里建造一个世外的家园，可以随时从现实中抽身，在那里徜徉，让心回到纯粹，回到清澈，回到明亮。

你的样子

盛夏，街边。一位十五六岁的女孩，留着学生头，眼神清澈，眉目清秀，穿一件丹宁色碎花连衣裙，背白色的双肩包，像一棵春天的小树，她的身上，有一种美好中学生的样子，清爽、纯净、挺拔。

暑假回老家探视一位阿婆，阿婆80几岁了，一个人住，生活不宽裕，住着旧砖瓦房，院子却打扫得很干净，一件月白色的衬衣，扣得整整齐齐，白头发一丝不苟地梳在后面，两边用发卡别着，见了我，慈祥地笑，问寒问暖，说话句句温暖，觉得阿婆虽然一个人不容易，但是80几了，能有这样的得体，真是有福气。

毕淑敏在《特区女牙人》中写了一位龅牙女士。她是一位资深的期货代理公司经纪人，收入丰厚，却长得很丑。当她面对毕淑敏的询问时，她说，特区以貌取人不假，但那是指的衣着之貌，而非相貌之貌，她长的这个样子，不但没使她的工作受挫，反倒帮了她的大忙，她列举了种种因为"丑"而获取的好处。

从这个故事中，我看到了一个闪着智慧之光、"高贵而倔强"的女子，她比貌美的女子，更让人印象深刻。

法国哲学家萨特也是一位相貌奇丑的人，只有1米52的身高，背佝偻，嘴唇像鲇鱼一样下翻，面颊凹陷，布满粉刺，耳朵突出，右眼严重散光，几乎失明。同样是哲学家的萨特的同班同学雷蒙·阿隆，描写学生时代的萨特："一旦他开口说话，一旦他的学识抹去了他脸上的粉刺和浮肿，他的丑陋的外表就消失了。"

看一个采访画家方召麐的节目。80几岁的方召麐，在纸上挥洒笔墨，神情那么专注，那么有精神。她每天作画七八个小时，她画的桃花，笼罩着画中所有人，她画的山，不管多陡，都有一条通往山顶的路。喜欢看她画的画，更喜欢端详她的人。她出身名门，可是命运多舛，早年丧父，中年丧夫，可是她脸上没有悲苦，面庞安静从容，眉目中带有一丝喜气，越老越美丽。原来一个人，到老可以这样活着，到老还可以这么美，她，就是一幅画。

　　一个人的样子，不光是他长的样子，更多的是他的精神长相。一个人最美的样子，是他精神灿烂时的样子，那时，他的身上有光，这光将他照亮，使他不管怎么看，都是那么美。

生命的宁度

在毕淑敏的一篇文章中，看到一个词"心宁度"，一看就喜欢上了这个词。

"心宁度"，看字面意思就知，是指一个人心里的宁静程度。

宁静这个词真好啊，只有宁静了，才能思考，才能感知生活的美好。但是，怎样才能获得生命的宁静呢？这却是一个大问题。

梭罗说，"让我们像大自然那样从容不迫地度过每一天"。的确，大自然是那么宁静美好，多和大自然相处，多识花草，多受烟云熏染，心自会宁静，自会从容不迫。

树先生应该是过上了这样的生活。

树先生，不知他以前是做什么工作的，只是从他的文字中，可以感觉到，他原来应该是在大城市的高层写字楼里工作，做着不喜欢做的事，他不快乐。后来，他来到西北的一个小镇生活，平时，除了做一些简单的工作外，就是读书，到田野里四处走走，看看小河，看看野花野草，看看身边的人。他穿着简单舒适的衣服，吃着简单健康的饭菜，过着简单的生活，他的心里宁静平和。看得出来，他喜欢如今的这种生活。

前段时间，读到一段已逝日本著名绘本作家佐野洋子写她的表姐的文字，印象深刻。

佐野洋子的表姐吃什么都香。她感叹，每天都能吃饭真是一件很棒的事。看到这一句时，我心里一惊。我们每天都按时、按顿吃饭，可是有多少人能这么想呢。

佐野洋子的表姐一辈子勤恳工作，一直到退休。因为工作忙碌，她没有多少花钱的时间，就把钱都攒下来了，买了高级公寓，她晚年就住在高级公寓里。她从小就拉中提琴，一拉，拉了一辈子。

她一辈子没有结婚。她说："我当初没有结婚是多么好的选择，也没有孩子，不用为孩子操心。大家都是为了孩子辛苦。我从来没有想到能有这么幸福的晚年生活。"

想想身边多少人，都是要了这个还想要那个，就拿生孩子这事来说吧，生了一个的，羡慕生两个的儿女双全，生了两个的，又羡慕生一个的自由自在。

而这位表姐，她不患得患失，懂得感恩生活，能安心过自己选择的生活，她真是一个心里宁静的人。

关于心的宁静，我自己也有体会。

我是一个不喜欢热闹，爱独处的人。平日里，工作之余，就是读读书，写写字，看看天，看看花，听听音乐。

这些年，读着，写着，发现心发生了一些变化，就是很容易被那些小快乐感动。路边的一朵花，窗前的一朵云，夏天雨后水晶宫一样的蜘蛛网，冬天树叶落光后长出的小嫩芽，都会让我感到喜悦和感动。可以说是，越读越淡泊，越写越宁静。是的，读书，可以让一个灵魂越来越柔软，越来越宁静，这是我的切身体会。

其实，与其说我们一辈子在追求幸福，不如说我们一辈子都在追求生命的宁静。只有宁静了，看一切才美好，生命的宁度，其实就是幸福度。

而，多接触大自然，多读书，懂得感恩生活，这些都可以让你获得生命的安宁。

就当是去看花

每个暑假都会去医院检查一下身体，顺便开一点调理的药回来。医院的院子中间，有一个小花坛，花坛里栽有几棵柏树，那天，一进门，就见一树盛开的紫薇从绿色中跳了出来，满树粉色的花，一下子稀释了医院那种紧张凝重的气氛，看着那树花，那需要等待的烦琐检查，似乎也变得轻松起来。

夏日里，经常去跑步的地方是河滨公园。公园有点远，走路需要15分钟，有时早上起来不想跑步，就在家里磨蹭，但是突然想到，跑步完，又可以去看河滩的那些花了，那些在阳光的照耀下空灵似蝴蝶的格桑花，那些灿烂的百日菊，于是，跑步就又有动力了。这多像我们平时，日复一日，有时，坚持的事情，坚持着坚持着，就坚持不下去了，坚持真的很枯燥，但是只要想想，等走完这段艰辛路，就会遇见那个笑靥如花的自己，便又有了向前的决心与信心。

喜欢看路边的行道树。夏天，往西安走的路上，有木槿花开在高速路的两旁，不大的木槿树，满树星星一样的或粉或紫的花，在绿叶间闪烁。一树一树看过去，每一树都那么好看，怎么看也看不够，于是那条路，变成了一条看花的路，一条洒满快乐的路。想起去年夏天去青海湖，兰州至西宁的高速路中间的隔离带，多珍珠梅，车行一路，一穗一穗白色的珍珠梅，一路向我们挥手，那真是一种美好的景致，至今回忆起兰州和西宁来，就会想起那些珍珠梅，那洁白如雪的珍珠梅。

去年寒假去苏州，看了拙政园、狮子林、留园。园林里多蜡梅，在拙政园中间的一座假山上，一树蜡梅，开得格外诱人，黄蜡一般，我攀上去，在那树蜡梅前流连忘返，拍了很多照。从苏州回来，我这里依然是冰天雪地，但是，当我一想起苏州，那一树一树的蜡梅，就好像在我眼前晃，那一缕缕的清香，就好像在我的鼻息间萦绕。我才明白，原来江南之行，我最在意的是蜡梅啊。

三月里，一个连上三节课的下午，走出教室时已筋疲力尽，一抬头间，突然发现对面山上有一片粉色的云霞，呀，是山桃花开了，喜悦顿时漫向全身，于是站在阳台上远远地看，我又活过来了。那时在想，这个世界上，究竟有什么可安慰人的呢？

有时，就是一树盛开的花吧。

其实，何不以看花的名义，命名我们的生活呢。我们，就是来看一场一场的花的，这样想时，也就不觉世间沉重，也就无忧也无惧。

简单的生活

朋友住着一个三居室的房子，是小城里的平常人家，去她家，发现她家装修很简单，却很有味道。

没有吊顶，所有房间的灯都是白色吸顶灯，木地板，落地白纱帘，餐桌上的陶罐里有鲜花。

两个卧室里，除了一张床，一个衣柜，没有多余的家具。书房整面墙上都是书架，上面摆满书，墙上是一幅红木镜框的书法作品，一张简约大气的写字桌，一把椅子，那是她写字的地方。

她家绿植多，每个房间都有，甚至厨房窗台上都有别致好看的绿植。她有很多喝茶喝咖啡的漂亮杯子，很多漂亮的桌布，很多漂亮的居家服，好几条漂亮的披肩，她说，都是淘来的，都不贵。

她说，如今，人们喜欢大房子，似乎是越大越好，可是她不相信房子越大越好，房子大小都无妨，最重要的是，生活在其间的人有着怎样的心境，在如今的社会，美的生活并不贵，简单的生活，也可以过得有滋有味。

朋友的话，让我想起一位台湾作家，他每天早上起来，到一个固定的巷口，买一个同样口味的三明治吃，吃的时候，感觉有着小小的幸福。

不一定要吃那么多山珍海味，不一定要吃遍天下美食。有一种人，他们在吃上选择了简单，他们在简单中，得到了快乐。

一位文友的生活也过得令我羡慕。

她上班要坐近一小时的车，听起来本是乏味的事，她却说，上班，可以看一路的花开，就当是去看花。她要去医院看中医调理身体，她说，要看中医调理一下身体，专门选择了坐公交，看一路的好风景，就当是去旅游。下雨了，她把早餐搬到客厅的窗前吃，边吃边看雨景，这样的早餐，又有了一份别样的诗情画意。她总能在平庸的生活中，发现细小的快乐。

她平时除了工作，就是在家看看书，写写字，养养花，听听音乐，做做家务，很少参与应酬。她说，读书，写字，累了看看阳台上的花，看看天上的云，觉得这样安静的日子就很好。

最近读到费尔南多·佩索阿的一篇文章，《聪明人把生活过得单调》：

"聪明人把他的生活变得单调，以便使最小的事情都富有伟大的意义。对于从来没有离开过里斯本的人来说，驾驶电车去一趟B区就像远游，如果有一天让他探访S市，他也许会觉得去了火星。而遍游了全球的旅行者，走出方圆五千英里外就再也不能发现什么新的东西……真正的聪明人，都能够从他自己的躺椅里欣赏整个世界的壮景，无须同任何人说话……"

感觉这位文友，就是费尔南多·佩索阿文章里说的那种"聪明人"。

蒋勋先生说，人大概要到最后才会懂得，重要的不是要什么，而是不要什么。

想做到简单，其实挺难。但是，你越是能从简单的事物中感受到快乐，就越能活得幸福。

第六辑　岁月帖

走在初春的田野上

初春的田野，庄稼们还没有开花，到处一片绿。

绿的小麦地，绿的油菜花地，绿的豌豆地，绿的蚕豆地，各种类别的绿，各种形状的绿，站在这些绿面前，不由得感到轻松喜悦。可是，和这些绿相比，我更喜欢的是田野里那些看起来微不足道的野花。

"春在溪头荠菜花"，田坎边的一片荠菜已经开花了，米粒样的小白花，有一种雅致之美，我很喜欢，蹲下看了半天。爸爸说，去年冬天天旱，荠菜已经老了，不能吃了。对于我来说，吃不吃都无所谓，能欣赏到荠菜花这素雅的美，更开心。

一片空地里，有一片一片的婆婆纳，婆婆纳开着小蓝花，那种蓝很好看，很清澈，很纯净，像一只只小眼睛一样。我兴奋地说，呀，婆婆纳也开花了。爸爸问，这草叫什么名字？我说，叫婆婆纳。他没听清，又问了一遍，我又答了一遍，见他还是疑惑不解的样子笑。我也是后来才知道这种野花的名字的，感觉这个名字很温柔。

田野中的野花野草，父辈大都熟悉，但是有些却叫不上名。不知道一些野花野草的名字，对他们来说，并不是什么大事，有谁会专门站在田坎边欣赏这些野花，边去琢磨它们的名字呢？

我为这些野花感到委屈，可是，一转念，就觉得自己的想法多余，为什么一定要别人去欣赏呢，自己自由开放，自己的美自己知道就好了。

继续往前走，远远看见一簇灿烂的黄，很是明丽，田里成片的油菜花还没有开，路边的几株野油菜花，性子有些急，倒是先开了，站在那里好好欣赏了一番。

儿子在前面发现了一朵蒲公英，正趴在那里给它拍照。那朵蒲公英，开在一片枯草地上，孤独的一朵，挺大，金灿灿的，很是惹人喜爱。以前以为蒲公英只有春天才开，后来，看到了夏天的蒲公英，秋天的蒲公英，冬天的蒲公英，才知，它是从春开到冬的。生命力那么旺盛，不依不靠，不成群结队，自己就是一个小太阳，用自己的光照亮自己。不禁对这种花刮目相看。

野花真是各个不同啊。白色的，蓝色的，黄色的。高的，矮的。花朵大的，花朵小的。花朵多的，花朵少的。灿烂的，暗淡的。成片开的，一株独放的。只有春天才开的，一年四季花开不断的。它们你开你的，我开我的，互不干扰，互不羡慕，都安心地做着自己，自由开放，尽情开放，天干天旱，就少开点，雨水充沛，就多开点，从来不患得患失，从来不抱怨……

走在初春的田野，看着那些野花，我的思绪翻滚。或许是我想得多了吧，假如野花能听到我心里的这些话，它们应该会笑我的吧。人啊，总是想得太多。

想到这里，我笑了。

花事帖

一 桃花

那天，在公园里走，被几树桃花惊到。

那么大的花朵啊，朵朵逼人，想起《诗经》里的句子：桃之夭夭，灼灼其华。是的，再也没有"夭夭""灼灼"能代表它的美了。回家查了一下，原来它们叫绯桃。很奇特的名字。

近年来，公园遍植桃花。有的地方，粉灿灿一大片，就像一个桃花岛，人走在其中，"人面桃花相映红"，有飘飘欲仙的感觉。还有，那或红或粉的碧桃，它们和柳，和丁香在一起，惊艳极了。

然而，在所有的桃花中，我最喜欢的，却是山桃花。

山桃花色淡雅，开的时候，枝上没有叶，有杏花的清气，又有梅花的韵致。

刚来北方时，不习惯冬季的漫长，早春，南方的花已经开得不像样子了，这里却不见草绿，不见花开，等啊等，等得都有些绝望了。忽一日，不经意间一抬头，突然发现对面山上缠着一抹粉，一问才知，那是山桃花。欣喜。清明时分，北方还是一片清寒，它凌寒而开，给灰色的山，染上了亮色，给人们的眼睛，带来了希望。

是的，山桃花一开，杏花，也就要开了，柳树，也就要绿了，那个盛大的春天，呼啦啦就要来了。是山桃花揭开了春的一角，所以这种花，是给我带来希望的花，在每个春天，绿黄不接的时候，我都在盼山桃花开。

二　杏花

"杏花疏影里，吹笛到天明。"想起杏花，总是想起这两句诗，于是就觉得，杏花，和一般果树的花不太一样，更有诗意。

小城一座山的半山腰，有一片杏树林，每年杏花开的时候，都会去看花。

杏花开得正好的时候，沿着石阶上去，从花下小径走过，空气中散发着一股薄薄的清凉的杏花的气息，让你心情舒畅。抬头看，上面是杏花的花瓣遮起来的美丽花天，淡淡的粉，很是美好。

古人喜欢花，也懂得欣赏杏花。"小楼一夜听春雨，深巷明朝卖杏花"，雨后的清晨，巷子里有卖花声，"杏花""杏花"，一声声叫着，循着那声去，买一枝杏花来，插在瓶子里，放在几案上，给一个家顿添了一种生动与雅致。

杏花空灵，雅洁，历来被文人所喜爱。

黄永玉对沈从文说："阳春三月，杏花开了，下点毛毛雨，白天晚上，远近都是杜鹃叫，哪儿都不想去了……我总想邀一些好朋友远远地来看杏花，听杜鹃叫。"他问表叔："这样是不是有点小题大做？"沈从文躺在竹椅上，闭着眼睛回答："懂得的就值得。"

是的，这世上有许多美好的事，都是无用的事，懂得，就值得。

杏花开的时候，最好是坐于一棵花树下，静静看花瓣随风飘落，心里什么事也不想，就那么坐着，杏花薄薄的，清凉的气息，随着清风送入你的鼻息，有三两花瓣，飘落在你的肩。那时，就像在梦中。

三　梨花

"梨花风气正清明"，喜欢这句诗，读起来觉得有一种美好的感觉。

我这里的春天来得晚，梨花开的时候，清明已过。

今春，爬山看杏花的时候，满山杏花已变白，杏花正在凋谢，风过处，一阵一阵的白色花瓣雨，地上落着薄薄的花瓣，一种梦幻的感觉。

在一个土坡前，却看到了两树开得正好的梨花。

不高的梨树，四五根挺粗的枝，头都被截去了，看来，是近两年才栽的树。那些粗枝上，发着一些细枝，细枝上，缀着些疏疏朗朗的梨花，洁白、明亮，在后面黄土坡的衬托下，美得就像一幅中国画。

有穿军绿色马甲的摄影师，正拿着单反相机，凑近一棵树拍花，也有大学生模样的姑娘，举着手机拍。我站在旁边看着，笑。我喜欢看人拍花，觉得他们是自己的同类。

有多少人去看风景，等他们归来，恐怕没有几个人能说清楚，到底哪一棵树、哪一株花惊艳了他的心。因为走遍风景区，他们都没有仔细看过一树花，他们只是泛泛地看了一遍而已。这两树梨花，长在半山腰，不知道那些以山顶为目标的人，经过时看见了没有。

夏日清香

夏日的上午，走在小城，会闻到一股淡淡的清香，很是好闻，曾以为这种香是某种花的香，后来才发现，它是草木的香。

这种香，比花香的范围更大，充斥在天地间，无论你走到哪里，身边似乎都有这种香，在这种香中游走，心情不由得舒畅。

在这样的香气中，蜀葵开得正明媚。

一片，一片，白色的，淡粉的，紫红的蜀葵，开在公园里，开在广场上，开在路边，在明亮的阳光下，根根指向天空，一种昂扬向上的姿态。看到这些花，觉得格外亲切，就像看到旧时姐妹。

蜀葵是小时候常见的花，那时，见到的大多是紫红色的蜀葵，它们站在乡里人家门前，一身喜气，就像穿着红衣的活泼开朗的野丫头。可是，如今，当它们以白色、淡粉的颜色出现，站在城市的一角，站在清晨的风里，亭亭玉立，看起来竟有些轻灵雅致的感觉，仿佛那些野丫头长大了，女大十八变，修炼成了优雅的大姑娘，令你不禁对它们刮目相看。

紫薇和木槿也正开着。

明晃晃的大太阳天，从一株紫薇前经过，禁不住会放慢脚步，想多看它们一眼。红的紫薇，白的紫薇，花朵一簇簇，挨挨挤挤，细密繁盛，开得真是热闹。

大诗人白居易是个爱花人，喜欢他写的那首紫薇诗："独坐黄昏谁是伴，紫薇花对紫薇郎。"身穿官服，正襟危坐的紫薇郎，黄昏时分正在值守，有些孤独，有些困倦，寂寞中，他瞥见了门前的那一树紫薇，那团明丽拂去了他的困倦，将他的心照亮，于是诗意袭上了他的心头，写下了那几句紫薇诗。

紫薇开得活泼泼，与紫薇不同，木槿则显得淡雅了许多，是既灿烂又宁静。

一树木槿，淡淡的紫，开在路边，那么寂静，那么美好，停下脚步，站在花前静静欣赏。感觉她就像江南小巷里，走出来的一位穿淡紫色裙子的女子，端庄雅致。

因为朝开夕落，每一朵开着的花都捧着一颗初心，开得那么纯净新鲜灿烂，真是美得令人伤心。站在那树木槿前，想起王维诗《辛夷坞》："木末芙蓉花，山中发红萼。涧户寂无人，纷纷开且落。"

寂寞开放，寂寞凋落，不过，那又有什么呢？自己的美好，自己知道就好，不在乎别人看不看得见。只要开过、美过就好，不在乎时间的长短。那仿佛是木槿对我说的话。

我和他站在桥上看花，看的是百日菊。河滩上种着各种颜色的百日菊，绵延数百米，很盛大的场面。

你知道那是什么花吗？我问他。

步步登高啊，他回。我笑，不认识几种花的人，竟然也能叫出这种花的名字，步步登高是百日菊的另一个名字。我说，我们叫它"竹节梅"，也不知道为什么这么叫。说这话的时候，我们仿佛在对着暗号。是的，我们那个年代的人，谁家门前没有几株百日菊呢。

看着那些花，很容易让我想起童年的夏天，那些个与百日菊亲密厮守的日子。那些日子，想起来已很遥远，但仿佛又还在昨天。我们这个时代现在好像集体怀旧了，不知从什么时候起，河边、路边、公园里，有了一片一片的百日菊。

"满地槐花满树蝉"，夏天的末尾，国槐开了。国槐静静地开，鹅黄色的花，累累在枝头，含蓄淡雅。

国槐是古老的树，伴着我们走过了几千年，一直走到了今天。"槐"字读起来，有一种安稳的感觉，就像一位稳重负责的中年男子，给你的那种感觉。看着国槐花开，你觉得日子寂静稳妥。

国槐边开，边落，点点槐花雨，落在行人的肩，落在行人的脚边，一地细细碎碎的花瓣，在你的脚下，铺成了一条鹅黄色的路，给城市的夏日，增添了一份诗意。

　　在这样的路上走，空气中飘着若有似无的槐花香，看着一朵一朵槐花飘落，你的心，会很静很静，仿佛一些心事，正从你的心头滑落，心变得轻盈、明亮起来。

浅秋

一

这是八月中旬的下午，吃过午饭，看了一阵书，小睡一会儿起来，站在落地窗前看风景。

不远处的公路边，国槐还开着花，隐隐约约的淡黄色的花，浮在绿叶上，繁盛又素雅，看了让人觉得日子静好，散发着淡淡的香气。

来来往往的车从国槐树下穿梭。

K16 路公交车，是这些车子中最显眼的。车身长，车很新，淡蓝色，长长的，在宽阔干净的马路上，来来回回驶过，一天有很多趟，这是我住的地方出去唯一能坐的公交，它到站时，会在广播里播报"车辆到站，请注意安全"，我坐在家里经常会听到它的播报。我喜欢站在楼上，看它从宽阔的马路上穿过的身影。

刚刚下过一场雨，室外面光线柔和，楼下篮球场上，有学生在打篮球，是高二的学生吧，下学期他们就要上高三，现在还没正式开学，他们连续补了几天课，今天放半天假，他们可以好好打打篮球了。

篮球场旁边的塑胶大操场上，一位女子在跑步，是每天早上跑步的那位，她扎着高高的马尾，穿一身黑色运动衣，身材纤细，在这样的下午五点钟，一个人在跑道上，一圈一圈地跑，自我搬来这里，她就在跑，已经跑了两个多月了。能每天坚持做一件事，是很难的，我经常站在窗前看她跑步，对她，充满了敬佩。

二

这两天看了一部电影《冈仁波齐》。

影片由当地藏民出演，只是简单的画面，其实就是对他们的一次朝圣的真实记录，看了却令人感动。

他们想去朝圣，于是他们做各种准备，准备吃的，准备衣服，买鞋，做护具等，然后出发。

一路磕长头，在泥里，在水里，在雨天，在雪天，他们不怕苦，克服种种困难，心里只有一个信念，那就是——要到冈仁波齐。

一年后，他们终于抵达冈仁波齐，那个他们心心念念的地方，他们心目中的神山。

感动。被他们心中那强大的信念。

每个日子表面上看起来都是那么平凡，可是，因为有了信念与坚持，那些看似平凡的日子，就变得不再平凡。

三

打开朋友圈，看见有朋友发了出去旅游的照片。

照片上的朋友笑容灿烂，看得出她很开心，另一朋友在下面留言：随喜。不禁莞尔。随喜，看到别人有快乐的事，自己也快乐，这位朋友，是经常把"随喜"挂在嘴边的人。"随喜"这两个字，从她的口中说出来，是那么真诚，那么自然，就像藏族人随口说出这两个字时的那种真诚与自然。因为这两个字，是发自她的内心的。所以，她总是过得那么快乐。

一个懂得随喜的人，是慈悲的人，也是充满智慧的人，"随喜"这两个字，可以渡我们到快乐的境地，可以让我们时刻都感到快乐。

四

看山。

八月中旬的山，还是满眼青翠，可是，毕竟已经立秋了，节气就是命令，再经过几场雨，将会是满山枯黄。

如果在以前，这个时候，心会不由得恐慌，害怕满目绿色转瞬变黄，害怕树叶凋落后的满山荒凉。可是，如今已经没有这种感觉了，不知从什么时候起，这种感觉就渐渐消失了，想起这个，感到欣慰。

每一季都有每一季的美，繁盛有繁盛的美，凋落有凋落的美，况且凋落了，还会有新的生长，何必恐慌呢。

我想，这或许与年龄的增长有关吧，如今，人生也已渐渐走向了浅秋，渐渐有了一些天高云淡，水落石出的豁然明朗来。

秋日三章

一　秋雨润心

秋雨，绵绵的，下了一天。

我喜欢这样的细雨，午后，去小区花园走。

路面湿漉漉的，树湿漉漉的，草湿漉漉的。花园只我一人，很安静。我从西园，走到东园，看了一路的树，榆树、松树、红叶李。雨中的树，看上去楚楚动人，别有一番韵致。

从这些树旁经过，心里的燥热一扫而光，心也变得湿漉漉的。

秋雨，润心啊。

晚上又出去走，草地上有虫子在叫。三三两两的，轻声细语地，像是在散淡地聊着天。想起了，说一句。想不起，半天也不说一句。

它们在聊些什么呢？

它们可知，在这样宁静的夜，有一个人，视它们的声音，为天籁之音呢。

二　只要尽情绽放过

只要下楼走一趟，我就总能收获到惊喜。

我在小区院子里走。

明亮秋光下，南边围墙上伸出了一排长满红色果实的树，那是栾树，是围墙那边的校园里长的树，它们超过了围墙，于是，在这边，就看到一排小红灯笼一样的果实簇拥在墙头上，淡蓝色的天幕下，那么诗意，那么

173

惊艳。我在那条路上走，从西走到东，从东走到西，一遍一遍地看它们，给它们拍照，心里充满了喜悦。

围墙下的小花园里，有几棵矮矮的观赏石榴树，其中一棵树，竟然开着一朵石榴花，那红，亮得直晃人的眼，真是"榴红照眼明"。一株苦苣菜，头顶一朵灿烂的大黄花，就像顶着一个小太阳。

我又来到院子的北边。

围墙根下，几朵黄灿灿的南瓜花，还在秋风中忘情地开。它们还能结下南瓜吗？我在心里想着，突然又笑自己，南瓜才不会想那么多呢，美在过程，该开花的时候，只要尽情绽放就是了，干嘛想那么多呢？

围墙下的几树木槿，还在努力地开着花，一棵树的半边叶子，已经染了黄，阳光下，一种疏朗通透的美。再过几天，那整棵树的叶子都会变黄，我知道，那一树的黄叶，堪比花的美。爬山虎靠近根部的叶子，已泛红。榆树、龙爪槐的叶子已泛黄。玉兰树依然亭亭如盖。松树、樱花树、梧桐树，叶子依然绿着。三叶草依然像活在春天里，捧出一片一片温柔的绿。

在季节面前，大自然中的万物各有自己的秩序，不慌不忙，不急不躁，按着自己的节奏来。人，是不是也应该学学大自然呢？

我从一棵棵树前走过，从一棵棵草前走过时，这样想着。

三　小快乐

这几天，家里总会飞进几只椿象，每年秋天都这样。飞进窗户的椿象，我总是拿纸轻轻捏起它，打开窗户，将它放飞。看到一只椿象在空中展翅奋飞的样子，感到很快乐。这些随手可做的小小善举，我想尽量多做一些。

雨后的夜，湿润，安静，听了一首好听的纯音乐，一遍又一遍，心静。

睡前，月色入户，洒下半床温柔的月光。

秋心

雏菊满山的时候，爬山去看雏菊，金黄的小小花朵，灿烂迷离，它们是山的眼睛，开在哪里，哪里明亮。归来时，采一把回来，插在瓷瓶里，房间有了淡淡的菊香，闻到那香，脆弱紧张的神经似乎得到了抚慰、舒缓。

午后起床，阳光落在书房的窗台上，照在那个青花瓷盛的一钵绿萝上，照在那本《随喜菩提》的书上，坐着看那光一寸一寸在书上移动，那时，我看见了光阴的影子。

几株芦苇立在河堤，风一样飘摇，芦苇是有心事的，你看它一身素衣，一直都是那种眺望的姿势，似乎是站在那里在等什么人，我听得见芦苇的声音。

一场雨下，树叶落了一地，槐树的叶、杨树的叶、枫树的叶、银杏的叶、法国梧桐的叶、手掌般大的七叶树的叶，湿湿地贴着地面，在地上拓出一幅幅画，颜色不改，凋零也是美丽的。

秋天的树，是秋的精神面貌。那些黄叶树、红叶树，就像一树一树的花朵，甚至比花朵更让人惊心，秋天，树将自己开成了花，在生命的尽头猛烈开放，然后将叶抛撒向大地，和天空告别，原来别离也可以如此华丽。

夜晚在广场跑步，跑着跑着一抬头，看见楼顶的一轮月，秋夜的月更是清澈呀，思念的时候望月，月会别有深意吧，而此刻，我无所思念，无所牵挂，只看到月之清明。

用毛笔抄几首写秋的宋词，"昨夜西风凋碧树，望尽天涯路"，"东篱把酒黄昏后，有暗香盈袖"，觉得古人的秋，似乎更具诗意，有倚楼望远的人，有菊香悠悠。写下这些词句的时候，自己也仿佛成了宋代的女子。

陶渊明的一句"采菊东篱下，悠然见南山"，勾起了多少人归隐的心，苏东坡说，"渊明形神似我""我即渊明，渊明即我"。东坡和渊明一样，心里是有秋气的人，对一切已经明白，对一切已经看开，对所有的不如意事，都一笑而过。愿你终有一天，也修得一颗秋心，豁然开朗，素朴淡泊，从容恬静。

秋思

一　虫鸣

初秋的夜，虫鸣声声。

秋虫在路边的草丛里叫着，有的低沉，有的明亮，有的悠闲，有的急促，有的迟疑，有的爽快，有的独语，有的窃窃私语，像是在拉着家常。

有虫鸣的夜晚，我跑步时不再听音乐，虫鸣就是我跑步最好的伴奏乐，它比任何音乐都让人心静，让人舒心。听着虫鸣跑步，跑着跑着，心渐渐变得清明澄澈，无牵无挂。

秋夜读书，虫鸣声传来，想起了"虫声窗外月，书册夜深灯"的句子，虫鸣让读书的夜，变得更加安静美好。

枕上听虫鸣，是一件很美好的事。有月的夜晚，我总会想起岳飞的那几句词："昨夜寒蛩不住鸣。惊回千里梦，已三更。起来独自绕阶行。人悄悄，帘外月胧明。"这几句词写得很婉约，很适合在有着虫鸣的月夜回味。

虫鸣的夜，如果再落一点雨，虫鸣伴着雨打窗台的声音，滴滴答答，夜便更有韵味了。

这样的夜晚，在枕上听虫鸣，声声虫鸣将夜叫得很静，叫得很凉，有时也往往是听着听着，心中便有了一丝惆怅。

二　桂花开

桂花总是悄悄地开。一个雨后的傍晚，在街上走，闻到空气中有一缕隐隐约约的香，仔细闻，是桂花，心情立刻好了起来。

桂花被称为天香，桂花的香总能把人香醉。

黄庭坚的《花气诗帖》里有一句："花气熏人欲破禅。"那花可真香啊，花香袭人，让人闻了，什么戒律清规都忘了，那是讲春天的花吧，我觉得秋天的花，都是满含禅意的。比如菊花，比如桂花，它们都带有些许凉意，都是暗香浮动，这样的花怎么会"欲破禅"呢，应该是令人"生禅心"吧。

那年在黄果树瀑布景区走，中午时分，暑热逼人，突然闻到一股桂花香，抬头看，头顶上一棵银桂树，开着淡黄色的花，那缕香就像疲惫奔走的人，听到了庄严的禅乐，心里一下子变得清凉。

夜里的桂花，则使夜显得更加静谧，更加韵味深长。桂花开的时候，夜晚可以坐在一棵桂花树下，坐很长很长时间，来想一些事，也可以什么都不想。在花树下坐，心里只有美好，可以忘了尘世。

雨中的桂花，禅意更深。曾经看到一个视频，雨打湿了路两边的桂花，地上湿漉漉的，细细碎碎的花瓣撒落一地，一位穿灰布衣衫的人，打着伞，从桂花旁缓缓走过，配着好听的禅音，似乎能闻到那隐隐的桂花香，和着雨的气息，有一种冷香之美。那个画面，久久不能忘记。

三　菊有暗香

野菊花开了。

我喜欢坐在车上，透过车窗看山坡上的野菊花，那一坡一坡的野菊花，开得肆意奔放，越是荒山野岭，人迹罕至的地方，越是灿烂迷人。仔细看，白杨树、洋槐树下的大地上全是，漫山遍野，只是可望而不可即。它们在车窗前匆匆掠过，它们的美震撼人心，让人心潮澎湃，只是有些遗憾，不能近距离欣赏它们。或许那些极美的事物都是可望而不可即的吧，距离，让它们生长得更美。

找一个闲暇时间，踏上一条蜿蜒的小路，去看野菊花，这是每个秋天都要做的事。

空气中散发着淡淡的、清凉的野菊花的香味，野菊花轻轻触摸着你的裤脚，你一抬头，它们又在半山坡朝你笑，它们的笑里，藏着一个个小太阳。

走得累了，找一块地方坐下，微风吹来，送来野菊花的药草香，看着满山的黄，你在心里不禁吟诵着那些流传千古的美好句子："采菊东篱下，悠然见南山"，"东篱把酒黄昏后，有暗香盈袖"，你想起了素朴、淡然这些词，这些词与心灵里的那些美好交相辉映着，让你的心里有暗香缭绕。

下山时，顺手采来一把野菊花带回家，找个玻璃瓶插起来，放在桌子上，室内一角便有了一簇灿黄，一缕菊香。

四 月寒夜

秋深了。薄寒的夜，在阳台坐，天空有月，那月，也有些清寒之意了。

小几上一杯茶，手机屏幕上正在播放圆光《月寒夜》的视频。

大提琴声低沉忧伤，琵琶，满山秋树，黄叶满地，中年的画家在中式的书房夜读、作画，窗前竹、明月，三两人席地而坐品茗……圆光那淡淡的禅音，一咏三叹。

那份清雅，那份宁静，那份简单，瞬间击中了我的心。视频看了一遍又一遍，听了一遍又一遍。

如今，走过了人生的春与夏，渐渐走向了人生的秋，渐渐了悟，山川草木有四季轮回，而人只有四季，人生短暂。其实，人生就都是一场自我完成，每个人都有独属自己的快乐与忧伤，无需去看别人，只需遵从你的内心，按照自己的方式去生活就行。删繁就简三秋树，就像那些秋树一样，删去多余的，在简单中发现你自己的快乐。

我喜欢这样的秋，一杯茶，一支曲，一月悬，内心平静安然。

冬日宁静

冬天已经走入深深处了。

天气晴好的上午，喜欢一个人到河堤上的园子走走。

园子很大，空旷、安静。那片槐树林，像是在繁华之后突然看破了红尘，皈依了佛门，叶子落得精光，一色的青灰，一色的干净。枫树的叶子却是落得犹豫不决，许多叶子还紧紧抱着树枝，不肯落下，又仿佛像是在哪听了一声命令，来不及全部落掉，就在那样风华正茂时，立地成了佛。

园子疏朗了，麻雀格外显眼，胖嘟嘟的，一跳一跳，头一缩一缩，这里轻轻一啄，那里轻轻一啄，像是觅食，又像是不经意地玩耍。离人这么近，似乎也不害怕。其中一只不知为什么突然一飞，其他的也跟着受惊似的呼啦啦全飞走了，歇在一棵树上，交头接耳，叽叽喳喳。麻雀从来都不会孤独吧。

太阳穿林而过，阳光格外明亮。找一条长椅坐下，晒晒太阳，微闭双眼，空气清冽，深吸几口气，竟有一种早春的感觉。

也喜欢在冬天的黄昏静坐。冬天的黄昏越显安静，此时光影柔和，一天的工作已经做完，身心俱静，放一曲舒缓的音乐，淡淡情思也随着音乐慢慢流淌，淡淡的美好。

记得大学的那年，也是深冬，全班同学去骊山天文台参观学习，大班车只把我们送到山脚下，还有很长的上山路要步行。

走着走着，我们宿舍的五位姐妹落在了队伍的后面。

路是土路，虽不是很平坦，但很宽敞，也很干净。路两边长着灰灰矮矮的酸枣树，树尖孤零零地挑着几颗发黑的干干的酸枣，摘几颗边走边吃，一路说笑。

黄昏时分，走着走着，突见一轮落日，在右前方，在古原之上，静静地悬着，浑圆，血红。我们顿时被这种美震撼了，不约而同都跑到悬崖边，对着那方天空大喊："夕阳，你太美了……夕阳，你真美啊……"最后，安静，不语，直到太阳落得还剩一半。

伴着夕阳的余晖再次出发，那位男生唱起了当时正流行的《走四方》，"走四方，路迢迢水长长，迷迷茫茫一村又一庄，看斜阳，落下去又回来，地不老天不荒岁月长又长……"

歌声雄厚，穿越古原，穿透岁月。四周安寂，整个世界只有赶路的我们。

就在那时，我喜欢上了冬天的黄昏。

也喜欢黄昏的雪。雪，最好是在黄昏时下了，漫天飞雪，天黑时，地面已经全白，世界干净了，舒缓了，清静了。

也许就是这种宁静，突然勾起了古人的兴致吧，"是日更定矣，余拏一小舟，拥毳衣炉火，独往湖心亭看雪。"张岱驾一小舟独往湖心亭看雪。

大书法家的儿子王徽之雪夜乘舟访戴，水陆兼程，行数里路，兴尽而返。

"绿蚁新醅酒，红泥小火炉。晚来天欲雪，能饮一杯无。"大诗人白居易，在雪夜温一壶酒，与友人把酒共饮。

古人，好兴致。

而在这样的夜晚，暖气正旺，我会泡一杯茶，放一曲纯音乐，是古琴曲，翻几页书，想想古代性情中人的风雅，心亦空明辽阔起来。

冬天，我喜欢的事

我喜欢天空飘着雪花，雪不大，就那么一星点一星点地飘着，地上湿漉漉的，天地苍茫，可以是白天，最好是黄昏，那时心里有诗，心里有歌，随雪花漫天飞舞。飘雪的时候，我喜欢站在窗前看，每一次飘雪都像初雪一样美。

我喜欢看冬天路边的树，叶子落光了，青灰色的枝干光光的，它们心无挂碍，在阳光下寂静喜悦，路也是灰色的干干净净的，让人看了心里觉得敞亮。冬天很干净。

我喜欢去冬天的林子走走，树叶落了，林子瘦了，有麻雀在枯黄的草地上一跳一跳觅食，世界上只剩下淡淡的灰与黑，林子有了一种禅意。

我喜欢看冬天的天空，晴朗的天，天空很蓝，像蓝色的丝绸，天空很安静，没有一点声响，没有一只鸟儿飞过。

我喜欢午后到园子里晒晒太阳，园子空旷，没有几个人，走上一会儿，寻一块大石头坐下，轻风拂在面，清冽的空气在鼻息间流转，太阳晒在身上暖暖的，有了一点睡意，闭目，似睡非睡，片刻睁开眼，天更蓝了，松树更绿了，阳光更亮了。

我喜欢在冬天的黄昏静坐，黄昏，天色淡下来，天空成了淡淡的烟灰色，心也是淡淡的，很安静，冬天的黄昏给人一种静谧宁和的感觉。

我喜欢在冬天的晚上蒸一锅红薯，高压锅在空空的厨房噗噗响着，整个房间都飘着红薯的甜香，闻着红薯的香，想起了古人在冬夜围炉煨薯，觉得这红薯的味道真的和冬夜很配。

我喜欢在冬夜写几页书法，就那么自由地写，没有什么体，小行楷，写"村前深雪里，昨夜一枝开"，写"寻常一样窗前月，才有梅花便不同"。便好像有一枝梅开在了心里，一缕暗香飘在整个冬天里。

我喜欢冬夜暖气正旺，听《云水禅心》，流水潺潺，筝声千回百转，白云，清风，山林，溪水濯心。在音乐中泡一杯茶，翻几页书，读到"日暮苍山远，天寒白屋贫"的句子，想想那风雪夜归的人，觉得世界更加空旷、寂静。

寒林

喜欢看北方冬天的树。

那些落光叶子的树，干净的枝干，显露出了它们的本色。

梧桐树、白杨树，枝丫疏朗，就像古代的文人雅士；榆树、枣树，枝干虬曲，就像历经沧桑的老人；国槐、柳树，树梢柔密，风姿洒然，就像有着仙风道骨的道人；梅树、杏树，铁杆黑枝，遒劲清矍，就像得道的高僧。

每一种树都不一样，每一棵树都不一样，有多少棵树，就有多少众生相，冬树，站在冬日淡淡的天幕下，美得就像水墨画。

当冬树站成一片，就成寒林。寒林，清凉寂静，有禅意，中国画家历来喜欢画寒林。

李成画的《寒林平野图》很有名，但是当我搜来看的时候，却不太喜欢，画面上，几棵光秃秃的枯枝寒树，就像死去的树一样，太过荒凉，那样的环境，人不想久待。

我喜欢范宽画的《雪景寒林图》。背后是高高耸起的山，山上是一片一片的寒林，没有被寒林覆盖的地方，积着皑皑白雪，半山腰有一座寺庙，山下有人家，有溪水，也有一片小寒林，画面清旷、寂静。这幅画，既有出世的精神，又有人间烟火气，看了让人觉得舒服，想去那里住。

倪云林画的寒林，树没有那么多。河的这边，几块石头，几株萧索的树，古朴的亭子，亭子里没有人，河的那边，几痕远山，画上有留白，一种空灵淡远的意境。他的画，干净得就像他的人。我喜欢欣赏这样的寒林图，这样的画看了，心里觉得安详、宁静。

我住的地方，门前不远处有一座山，冬天，山变成了寒山，山上的林子，就变成了寒林。

我喜欢坐在落地窗后看那片寒林。

每当日暮时分，山和树、和天，融为一色，苍茫一片，人一下子就像回到了古代，就会想，那山上，是否有过柴门？是否有过犬吠？是否有过披着风雪夜归的人？

有时一场雪落，山上一片白，那寒林，就越显得黑，越显得荒，越显得寒，"千山鸟飞绝，万径人踪灭"，那时候，世界空旷寂静得，仿佛只剩下我一人。

冬天，寒林看得久了，心，似乎也起了变化，越来越清凉，越来越寂静。

我住的小区里，也有几片小林子。

去年冬至，天寒地冻，我下楼走了一趟，专门去看那些树。我发现，榆树、桃树、梅树、丁香树、樱花树，还有许多别的树，枝上，都长着小小的苞芽，有的米粒大小，扁扁的，有的黄豆大小，圆圆的。这个发现让我吃惊，原来，严寒中那些落光叶子的树，依然在蛰伏潜修，默默积蓄力量，待春风吹起，便应时而发，抽叶绽蕾，快速生长，来一个华丽丽的转身。

所以，尽管落光了叶子，像枯木，但是，它们和真正的枯木不同，冬阳下，远远看，那些树梢上，都闪着洁净的生命的光泽。

好雪片片

在所有写雪的文章中，最喜欢张岱的那篇《湖心亭看雪》。短短一百多字，写了一场最美的西湖雪，写了几个有趣的雪夜专门去看雪的痴人。

还喜欢那个雪夜访戴的故事。王子猷在雪夜突然来了兴致，想去拜访他的朋友戴安道，于是驾小舟行了一夜，天明时分到了，却兴尽而返。

这两个故事里的人，都是有趣的人，有趣的人总是受人喜欢，于是他们当年邂逅的那场雪，一直飘在后人的心上。

此等雅人雅事，一般人难以企及，但是，在平凡人的生命中，也会有一些雪，它们悄悄地落下，它们也是那么美。

想起了几年前黄昏时分飘的那场雪。

那天黄昏，站在窗前，发现下雪了，轻盈的雪花在空中飞舞，精灵一样，不一会儿，外面就苍茫一片，想出去踏雪，附近有一个广场，准备去那里走走。

广场上很静，转了一圈，只见到两三个人。路灯下，地面上一层薄薄的雪，使地面看起来显得很干净，我在雪地上走。

走着走着，雪越下越大，广场中间高大的伞状灯柱四周，雪花簌簌而落，广场上就剩我一个人了，我没有回去的想法，继续在雪地上走。

大雪纷飞，让我兴奋，我的思绪也纷飞。我想到了很多人，很多事，我想到了我的文字梦。

多年来，文字梦隐隐约约在心头，可是忙于工作，忙于生活，陷在琐碎中，无暇顾及，只是在一些宁静时刻，想起它时，心里有些美好，又有些失落。在这个大雪天，这个梦又一次苏醒了，我想描写这天地间的大美，我想记下这世间的所有美好，这个梦在我的心里飞翔，飞翔，它飞到了高天之上，飞到了雪中，那雪，仿佛已不再是雪，是狂风，是暴雨，是锣，是钹，是小提琴，是大提琴，是交响乐……

那个雪夜，我在雪地上走了很多圈，我在心里问了自己很多话，最后，一个声音在我耳边说："我与我周旋久，宁做我。"对，宁做我！我终于想清楚了，不惧怕，勇敢去实现自己的梦。我在路灯下一块干净的雪地上写下了："栀子，加油！"

后来，每当我懈怠的时候，就会想起那个雪夜，我感谢生命中的那一场雪，它让我看见了自己的心，它让我勇于做自己。

冬日小帖

一 冬雪

北方的冬天是一定是要飘几场雪的，没有雪，那就不是真正的冬天。

雪花飘飘袅袅，在空中洒落，天地空蒙，你的心也是空蒙一片。站在窗前，看那一朵一朵雪花，忽左忽右，遇到树枝，它们便栖在树枝上，瞬间融化，不一会儿，就将树变得湿漉漉的；遇到地，它们便栖在地上，瞬间融化，不一会儿，就将地变得湿漉漉的。那时，你的心也随着雪花飘，在心里写着一首诗。

黄昏，雪已落定，天地间白皑皑一片，淡淡暮光中，天地一派安详。你出去走，看见广场中间，有大人领着小孩在打雪仗，雪将这令人欢喜令人忧的世界暂时遮盖，呈献给人们一个诗意的童话世界，让人们的心念暂时停顿，返璞归真。

所有写雪的文字中，最喜欢张岱的《湖心亭看雪》：

崇祯五年十二月，余住西湖。大雪三日，湖中人鸟声俱绝。是日更定矣，余挐一小舟，拥毳衣炉火，独往湖心亭看雪。雾凇沆砀，天与云与山与水，上下一白。湖上影子，唯长堤一痕、湖心亭一点、与余舟一芥、舟中人两三粒而已。

西湖一场雪，吸引诗人独自一人去看雪。对天地有着怎样的痴，才会在那样的雪夜驾小船往湖心去？心里有着怎样的淡，才能写出如此淡雅的文字，让千年后的人如此仰慕叹息？

二 冬读

张潮说，"读经宜冬，其神专也；读史宜夏，其时久也；读诸子宜秋，其致别也；读诸集宜春，其机畅也。"

我却觉得所有的古文都适合在冬天读，和白话文相比，古文都是雅的，冬天适合读雅的书。

读明清小品文是个不错的选择。

冬天的夜晚，心头无事，四下静寂，泡一杯茶，在暖暖的房间，手捧一卷《幽梦影》读起来，"松下听琴，月下听箫，涧边听瀑布，山中听梵呗，觉耳中别有不同。"读到这样的文字，意境徐徐而来。

或在暖阳照着的午后，窝在沙发上读《诗经》，也是美好的事。

"知我者谓我心忧，不知我者谓我何求""心乎爱矣，遐不谓矣！中心藏之，何日忘之？"你读到先民的忧，先民的思，先民的喜，先民的天真，读到会意处笑。

那些四字咒语一样朴素静美的文字，轻易就会把你的某根神经触动，那几千年前的情感，已经深深地根植于你的基因里，成为你血液里的东西，成为了你时常涌动着的，所谓情怀的东西。

闲下来的时候，翻一本《林泉高致》的书，是宋代郭熙写的讲中国山水画的论著。

翻看那些中国画，那淡远的意境，让你的思绪飘得很远，仿佛你也成了那画中人，归隐于那一片林泉，那一溪云水。

书中有文字曰："山得水而活，水得山而媚""山无烟云，如春无花草"。

我们的古人是何等的了不起，他们在万千风物中知道什么是美的，他们懂得欣赏和创造那些含蓄风雅，朴素沉静的东西，他们的审美，达到了我们今天难以企及的高度。

冬天，是朴素宁静的，它就是一幅水墨画。

三　冬梅

冬日渐渐走向深处的时候，心里便在等着那一枝梅开。

"前村深雪里，昨夜一枝开。"那是一枝白梅吧，枝头稀稀疏疏地开着几朵花，清瘦孤寒的美，仿佛能闻到那低温中清幽的香。

或者是雪中的红梅，红与白交相辉映，红梅映雪，雪映红梅，那是冬天里最惊心的美，穿透冰雪的美丽。

可是，这样的美也只有南方人有眼福，北方的梅一般开在年后，少了那种冰清玉洁的感觉。

朋友说，她去年专门去南京看梅花，结果去得早了，梅花还没有开，只看到了红色的花骨朵，她有些遗憾。她说的时候，我仿佛看到那梅园里，点点红梅，如胭脂，一片一片，那是怎样的美啊。我说，也美，花骨朵有花骨朵的美。朋友说，是。

有女子从南京携一枝蜡梅，坐飞机去北京看她的朋友，朋友将梅插于案上的陶罐里，黄灿灿的一枝，她们席地而坐，在梅旁，喝茶，聊天，相见欢。

羡慕这样的场景，这是怎样的知己啊，如此懂得，远远地来看她，不带别的，只带一枝梅。

今生可会有这样的人，远道而来，为我携一枝梅？不得而知，有话说，知音难求。

等一场雪来，等一枝梅开。

寒香帖

一

凝视那些光光的冬树，你会发现它们的姿态像一个个无牵无挂的人，令人向往。树叶落了，世界敞亮了，天地间充满着柔和的光，在这样的光里走，心也变得宁静、柔和起来，时常还夹杂着一丝淡淡的喜悦。

我喜欢这样的淡，这样的静。我愿与冬一起宁静。

二

小睡起来，是黄昏时分。外面马路上的灯已亮，远处的车声，暮色中的山，世界喧闹又寂静。没有开灯，看着窗外，天色一寸一寸暗下去，一天就又这样过去了。

日复一日，琐碎，平淡，日子寂静无声而又匆匆。能在日复一日的琐碎中，坚持一些什么的人，真的不简单。看到一句"任何你每天持之以恒在做的事情，都可以为你打开一扇通往精神深处，通向自由的门。"

愿你坚持你的爱好，愿你坚持对这个世界的深情。

三

网上新买的一批书到了，照例打开箱子拆开塑封，做这些的时候，想起了前几天看到的一位作家写的，她的读者在拿到她书的时候，首先做的事是"焚香净手"，不禁莞尔。都是爱书的人，理解。焚香于我就不必了，净手是必需的，然后对一些蒙尘的书，用半湿的毛巾擦拭干净，这是每次都要做的，我曾戏称此为"接风洗尘"。看着新买的书，心里总有一种踏实感。网上购物无数，只有书从来没让我失望过，收到书的时候总是快乐的。

止庵说他这辈子要做的事只有一件，那就是读书。我也想读一辈子的书。

四

一个人只有心闲的时候，才会有幸福的感觉，这样的感觉对于我这种不喜受羁绊的人，尤甚。所以越来越喜欢这个"闲"字。

快乐似乎总是短暂的，一个人要想获得持久的快乐，需要修炼。翻了一下午索达吉堪布的《有求》，或许是受到了度母的加持，看黄昏的山，看到的是一派宁静祥和。

五

两日不出门，光树枝在阳光下散发着光芒，看上去干净极了，它们是我喜欢的树的样子。枯树，寒山，水墨的冬天，淡淡的冬天，安静的冬天。日暮苍山远，天寒白屋贫的冬天，千山鸟飞绝，万径人踪灭的冬天。

六

人生能有多少个这样宁静的黄昏，一天的工作已经做完，暖气片里水流的声音，淡淡的天光，没有可担心的事，去超市逛逛，悠闲地选几样东西，不忘给自己买点喜欢的零食。

生命既哀亦美，用心感受每一个平静的小时光，它们在你的生命中闪着光，像繁星，像轻风，像枝头的花。

七

　　昨日看到一本杂志的卷首语，文字很美，思想击中人的心，很喜欢，于是搜了原文来读，这一搜傻了眼，原文洋洋洒洒好几千字，读了几句，读不下去，全然没有了卷首语的美感，仿佛金子混在沙子里隐隐闪烁，你却无能为力，真佩服编辑的能力。

八

　　喜欢在冬日的清晨放一曲《云水禅心》，点点音符敲击在心，流水潺潺，春的气息，无量美好朝你涌来。

　　喜欢在冬日的暮光中放一曲《昨日重现》，卡朋特富有磁性的嗓音将你带入过去，往事历历，那么多个冬日黄昏，你的心里有炉火，有雪，有诗，宁静温暖。

九

　　时间匆匆，一上午只写了一点字，看了一点书，就一晃而过。

　　午睡时间有些长，起来，太阳已在西山之上，正准备落下。依然读书，读了一会儿，不想读了，最近暖气烧得太旺，身体不舒服，就抄读书笔记。

　　灯下抄笔记，古典的音乐，觉得自己像古代的书生，青灯黄卷，沉醉其中，心中一笑。

　　在家的时候，最喜欢的就是坐在那里读书，最好读一天的书，什么也不做。有时掩卷会想，在读中日子一天又一天飞逝，这样周末不出去走走好吗？现在是连街也不爱逛了。

此刻，弦月如眉，挂在最右面的窗玻璃上，我望之心生欢喜。

看看日出，看看月升，看看山，看看书，其实这就是我最喜欢的简单的生活。

十

织布，剪裁，缝纫，如果把写作比作做衣服的话，觉得自己就是那个一个上午也做不好一件衣裳的笨笨的写字人，可是，心里有对美服的向往，便也就乐此不疲了。哪一天能练就一双巧手、快手，能随意扯下一块布，随手裁成一件衣，如行云流水，自如自在地在上面挥洒针脚，会有这一天吗？会有的。

十一

园子里的那棵白玉兰，这几天下楼的时候都会去看看它。其他的树叶子该落的早落光了，落得个浑身干净利落无牵挂，有些来不及落的，就那么挂着干枯的叶子，静立在那里，一副萧条样。

白玉兰，却在打着苞，那些花苞在枝头，毛茸茸的，似乎严寒于它根本不算什么。可是，早春三月，玉兰花开，人们惊艳于它的美的时候，谁又看到了深冬里，它一天一天地成长，是那么孤独，那么漫长。你看见也罢，没看见也罢，它就在那里，静静生长，那么寂寞，又那么美好。

十二

阳光晴好的上午，有老人在花园里晒太阳，小录音机里放着秦腔，如怨如泣，声音传到了我住的 17 楼，我想念母亲了，她爱听秦腔。

喝茶、看书、听音乐，不知道究竟要写什么文，心里有些空茫。

十三

翻一个作家的博客。又是一个写作在 15 年以上的人，十年前的文字完全是另一副模样，没有今天的意境与蕴藉，十几年中，他到底经历了怎样寂寞又漫长的跋涉，使得他的文字越来越有气质，越来越有韵味？有些人三年写出名堂，有些人五年写出名堂，而更多的人则需要八年十年。

这世上所有的美好，都是要经过严寒才会有它的香气。

三月帖（上）

一日。我说，最近写字终于体会到了，文章是写出来的。朋友发来四个字：功不唐捐。是的，一分的努力，必增一分的功力，所有的努力，都是不会白费的，只是许多人，看不到自己身上的那一点一点的变化，就以为自己不行，就半途而弃。功不唐捐，把这四个字当作咒语来念吧，在它的加持下，去挺过那黑暗寂寞漫长的泅渡。

二日。跑步，越跑越想跑。写字，越写越想写。读书，越读越想读。学习，越学越想学。逛街，越逛越想逛。同理，"越"的反面"越不"，亦如此，"越不"的背后，其实就是人的惰性。许多事都是会上瘾的，明白了这个道理，做一件事，就不要给自己停下来的机会，埋头苦干，一鼓作气，直至实现目标。

三日。写作即生活。为什么要写作？是为了让生活过得更美好，是为了护持与开发心中的那份诗意。要做个有趣的人，能时时从庸常生活中，发现一些小美好，感受生之喜悦。

四日。听从你心，莫让外界声音干扰了你的思绪，你知道你将要成为的样子。

五日。这两天发现，山上的松树泛绿了，萧瑟中的一点绿，一片片绿，万物开始苏醒了，我想念山桃花了。

六日。雨夜。静。电脑打开着文档，在一篇文章上纠结着，时而浑沌，时而清晰。夜，似乎很长时间都没有如此静过了，听着远处隐约的车声，想睡去，可是，鼠标的光标还在那里闪，那里在等待着我的一个决定。

七日。看到一位文学爱好者在一位作家公众号上的留言：你的成功，是因为你把写作当作生命，而我没有把它当作生命一样去热爱，写着写着就荒废了。是的，我们本来很想做成的事，做着做着，就松懈了，甚至就停止了，其实，就是少了个"必须"啊。必须背过，必须看完，必须去跑步，必须写下去，必须达成目标。必须，一定，非做不可，逼自己，然后就成了。有时候，真是发多大的愿，才会有多大的成就啊。

八日。《小王子》这本书里说，所谓仪式，就是让某一天与其他日子不同。今天是天下女子的节日，那就在心里提醒自己，这是一个与众不同的日子，要开心地过。今天阳光明亮，天气真好，听了听轻松抒情的音乐，做了做家务，脸上有笑，心里有花香弥漫。

九日。听着《布列瑟农》，看了一下午的励志语。在马修·连恩那苍凉的声音中，读那些句子，有一种悲壮的美，句句入心。要做成一件事，困难太多，我们需要鼓励，然而，更要学会自我鼓励。坚持该坚持的，相信自己，一切皆有可能。我会记住今天的。

十日。莎拉布莱曼的《斯卡布罗集市》听起来有香草的气息，每年春天都喜欢反复听这首曲子。清晨听，傍晚听，任何时候听，都会心生美好。

十一日。风吹，沙尘起，世界暂时不美好，知道待这风吹过，会有漫山遍野的花开，也就觉得可以忍受，也就觉得有了盼头。有书可读，有花可看，有音乐可听，有时间可发呆，还有什么不开心的呢？

十二日。昨晚跑步时专门去看了院中的那棵白玉兰，它似乎还是去年冬天的模样，花苞依然小小的，丝毫没有要开的迹象，可是，我知，快了，快了，风已经暖了，经过黑暗寂寞漫长的跋涉，白玉兰就要泅渡到岸了，在明亮的四月天里，那里将会开满一树让人惊艳的白玉兰。

十三日。一天的工作已经做完，走在傍晚的小城，风轻轻的，暖暖的，边走边随意地看街上的行人，这几天气温上升得很快，街上穿什么的都有，有人穿着长长的大衣，有人穿着西装，街角一位小伙子，竟然穿着短袖，我笑。人的春天已经来了，可是路边的花树、园子里的蔷薇，还是无动于衷，依然光秃秃赤条条，花们，怎么一点也不着急开呢。

十四日。小草一点一点地钻出地面，春风一点一点地将树叶吹开，相信一点一点的力量，一点一点地变好，坚持走下去，那些优秀的人，都是持久坚持的人。

十五日。山桃花开了。今天不经意间从侧面的窗户望出去，竟然看到了满坡的山桃花。山桃花淡淡的粉，浮在山头，浮在半山腰，如云似霞，山看上去温柔诗意了许多。其实，这几天每天都在注意看门前的山，想看看有没有花开，一天一天过去，一点动静也没有，没想到山桃花却已在屋后的山上开了个漫山遍野，花开总是在忽然之间啊。有时候，你盼的花已经开了，你却还不知道。

三月帖（下）

十六日。风，海浪般拍打着窗，夹杂着雨滴，任何的花开都是不易的，要经历一场一场的风，一场一场的雨。

十七日。今天下了一场雪。因山上桃花正开，我给这场雪命名为桃花雪。早上起来，先是雨夹雪，后来雪越下越大，成了纷纷扬扬的大雪。站在窗前看山桃花，满山淡粉色的花，在漫天飞雪中，如诗如梦，站那看了好一阵，拍了好多照片。午后，雪突然就停了，再看那些山桃花，桃花依然是桃花，若不是有照片，你会怀疑，刚才的那场雪，是幻觉。

十八日。用了半上午的时间翻完了一行禅师的《正念的奇迹》。正念的奇迹，就发生在对一呼一吸的知觉中。人总是太容易分神，太容易胡思乱想，所谓的痛苦、烦恼、恐惧、焦虑，其实都是想出来的，当大脑被这些充斥，人就失去了正念，迷失了自己。解决的办法就是，观照自己的呼吸，放下一切，安住当下，体会当下的欢喜，看花即看花，走路即走路，喝茶即喝茶，这样时刻生活在正念中，便能因定生慧，获得持久的喜悦与平和。

十九日。春阴，春困。下楼取快递，发现院子里丁香花的枝头，已有嫩芽绽出，春，正一步一步往前走。读了半天的古人书，从去冬开始，迷上了古人尺牍，读着，不求甚解，却觉得美。

二十日。看到朋友发在朋友圈的照片，一群人的狂欢，她们开心的样子感染了我，我也笑了。只是，我知道，一些快乐，已经不再会让我感觉到快乐。我更喜欢一个人静静地待着，读读书，写写字，看看花，听听歌，或者就那么枯坐着发发呆，孤独着，寂静着，觉得这样的日子就很好。

二十一日。春分了，山上的桃花开了，学校花园里的榆叶梅也开了，灰褐色的干枝上，几朵早绽的花，眉眼一样欢欣喜悦。想到有那么多的花，将在这个季节次第开放，便觉得生活有许多美好的盼头。

二十二日。下班回家的路上，遇见了几树盛开的杏花，粉白的花，开在一片槐树林边，在槐树灰褐色枯枝的衬托下，杏花的美，更显空灵活脱，这种美，足以把路人惊醒，站在那里看了好一会儿，心里不住地叹息，怎么这么美啊，怎么可以这样美呢。

二十三日。小城的行道树多垂柳，这几天，柳树刚发芽，那新鲜的嫩芽，随着柔顺的树梢垂下来，闪耀着明净喜悦的光，不管是走路还是坐车，眼睛总是被高处的柳所吸引，看着那一抹一抹的鹅黄绿，心里似乎也染上了那份明净，变得轻盈通透起来。

二十四日。晴朗的天气，站在阳台上看对面山上的山桃花。对面的山，在阴面，花开晚，别处的山桃花已经开了好几天了，它们才开，也不多，疏疏落落的，这里一棵，那里几棵，最多的地方，也就一小片。因为少，便有了大片的留白，那些桃花，在灰褐色的山与树的衬托下，显得格外醒目，格外静美。看着那些桃花，心，变得单纯柔软起来，对许多事充满了感恩。

二十五日。又到了樱花季，我这里的樱花还没有开，在网上翻看一张一张的樱花图。发现那些唯美的照片，背景都是虚的，虚化淡化掉那些杂芜的背景，美，就出来了。生活亦如此吧，屏蔽掉那些烦恼忧伤，再看，就全是美好了。人的心也是，放下那些杂念，将精力聚焦，精神也就灿烂了，做起事来，自然就容易成功了。

二十六日。今天，试着慢慢地做一些事，慢慢地洗碗，慢慢地收拾晾干的衣服，慢慢地读一本书，连一些不想做的事，也都慢慢地做完了。最后发现，其实，慢也能做很多事，只要不停下来。

二十七日。晚上出去跑步，发现小区外面广场的花园里新栽了许多花树，花树高大，看着像海棠，又像樱花，光光的枝上绽着些花朵，淡淡的粉色，路灯下，它们盛放着，又繁华，又空灵，又寂静。真美啊，在一棵花树下站着看了很久。在我仰头看花的时候，一轮圆月，正高高地照在花枝的上头，"华枝春满，天心月圆"，说的就是这样的景致吧。

二十八日。这两天气温升得特别快，花都开疯了，公园里、路边、山上，满世界的花都开了。今天回家，看了一路的花，高速路边的花，一簇簇，一树树，或粉或白，如雪如星，如烟花如精灵，看得你应接不暇，目瞪口呆。不远处的山，也沸腾了，漫山遍野的桃花杏花，层层叠叠的粉，无边无际的粉，在这盛大的开放面前，你不知如何是好，不知该怎样度过这春光，才算是不辜负。

二十九日。晨跑的时候，发现小区里的梅花开了，于是跑完步去看梅。一棵一棵去拜访，每一树都动心，都惊艳。站在一棵梅树下，痴痴地看，那是怎样的一种美啊，婉约，灿烂，用在它身上都合适，可是都不足以表达它的美。看着看着，恨不得住到那棵树上去。低头，发现树下有掉落的花，拾起几朵，带回家，放在一个素色的碟子里，便又有了一碟的美好。这个清晨，有无量欢欣朝我涌来，这欢欣，是花带给我的。花开的时候，一定要去看花啊，还有什么比看花更幸福的事呢。

三十日。清风，阳光，鸟鸣，好听的音乐，我在小区里两边栽着松树的跑道上跑步，这些美好伴着我。很久没有晨跑了，这两天终于又开始了，一些事迟迟不肯开始，但是一旦开始，后面做起来就容易多了。

　　三十一日。今天晨跑完，依然在小区走了一圈，去探访那些花们，结果发现昨天还是半开的红叶李，今天已是繁花满树，远远望去，像一团一团淡粉的雾，走近看，那满满一树如梦似幻的花，透着隐隐的光，那么纯净，那么美好，站那看了好一会儿。三月，真是充满惊喜的一月，每天都有新芽绽出，新花绽放，三月的每一天，都是新鲜的。